書下ろし

幽霊奉行 牢破り

喜安幸夫

祥伝社文庫

目次

本所深川界隈
山本町
浄心寺
富岡八幡宮
永代寺
門前仲町
門前町
門前東町
亀戸天満宮
両国橋
新大橋
大川
永代橋
小名木川
本所深川
北
東
西
南

『幽霊奉行 牢破り』の舞台

不忍池
鳥居耀蔵屋敷
神田川
神田
江戸城
北町奉行所
日本橋
八丁堀
南町奉行所
桑名藩松平家上屋敷
遠山金四郎屋敷
増上寺
浜松町

地図作成／三潮社

一　死体盗人

一

樹間《じゅかん》に影が動いている。

一つ、二つ、三つ……、三人のようだ。

参道から外れて広い樹林を抜け、白壁の塀《へい》を乗り越えれば、永代寺《えいたいじ》の墓場が広がっている。

あと数日で年が改まって新春になるとはいえ、夜の冷え込みは厳《きび》しい。

一人が灯《あか》りを半纏《はんてん》の袖《そで》で隠し、あとの二人は鍬《くわ》のような穴掘り道具を手にしている。

墓場で穴掘り？　人気《ひとけ》の絶《た》えた深夜に……。提灯《ちょうちん》と鍬だけで、ほかに持っている物も担《かつ》いでいる物もない。

だとすれば、埋めるのではない。掘り起こそうというのだ。

なにを……？

墓場で埋まっているものといえば、棺桶《かんおけ》に入った死体以外にない。

風は強くないが、ときおり樹々《きぎ》のざわめきが聞こえる。

三人の男が淡《あわ》い提灯の灯りで場所を確かめ、鍬を入れたのは、きょう昼間埋葬《まいそう》されたばかりの箇所で、土はまだやわらかい。二日まえに死去した檀家《だんか》の十七歳になる娘で、死体は新しく、この季節で傷《いた》みも腐乱もしていない。

打ち込んだ鍬に、棺桶の木片を咬《か》む音がした。

「さあ、あとひと息。いただくのは中のホトケだけだ」

提灯を手にしている差配《さはい》らしい男が言ったのへ、あと二人の影が黙々と墓掘りではなく、暴《あば》く所業を夜陰と樹々のざわめきのなかにつづけた。

三人は手際よく掘り出した死体を、用意していた大八車に乗せ、樹間を用心深く引き返し、いずれかへ消えた。

朝になれば、寺男《てらおとこ》が墓場の掘り返されたことに気づき、さらに埋葬したばかりの棺桶が壊《こわ》され、空《から》になっていることに仰天《ぎょうてん》し、

『ホトケが⁉　埋めたばかりのホトケがあっ、消えましたあっ』

叫びながら、住持《じゆうじ》や寺僧《じそう》たちの住まう庫裡《くり》に駈《か》けることだろう。もちろん、寺僧たちは裾《すそ》を乱して墓場に走り、

『なんと、これは！』

『生き返った？　まさか』

掘り返された跡《あと》に愕然《がくぜん》とすることだろう。

おなじ日、時刻もおなじころだった。もう一つの寺の境内《けいだい》に、秘かに身を潜《ひそ》める二つの影があった。永代寺の墓場に侵入した三つの影とは、まったく別種の動きを見せていた。

闇に身をかがめた二つの影は、ただ凝《じ》っと、なにごとかを窺《うかが》っているようだった。永代寺とおなじ深川界隈《ふかがわかいわい》に、共に広い寺域を持つ浄心寺《じようしんじ》だ。

二つの影の視線は、立ち枯れた灌木群《かんぼくぐん》の先に向けられていた。その視線のなかに、昼間は檀家の子たちが通って来る手習《てなら》い処《どころ》の小ぢんまりとした建物が、かすかに灯りを洩《も》らしている。

二つの影は、息だけの声で話していた。

「うーむ。あの中間《ちゅうげん》め、あそこに住みついているな。夜になっても、手習い処であの御仁が独《ひと》りになることはなさそうだ」

「人知れず、且《か》つ瞬時に……、難しい。ならば中間もろとも……。手があと二人あれば、できないこともない」

影はきわめて慎重なようだ。

それらはしばらくのち、人知れず浄心寺の境内から消えた。

永代寺の三人組は、明らかに町場の人足風体《にんそくふうてい》だったが、浄心寺に侵入した二人は、忍びに似た黒装束《くろしょうぞく》に大小を帯びていた。


朝を迎えた。いずれの寺でも、日の出まえから一日が始まっている。

おなじ深川界隈であっても、永代寺の朝の騒ぎは、浄心寺にまでは伝わって来ない。さらにその墓場荒らしの騒ぎは、永代寺の門前の町々にも知られることはなかった。

早朝だからではない。東の空に陽《ひ》がすっかり昇った時分になっても、永代寺の遭難は伝わって来なかった。名刹《めいさつ》だからこそ、外には厳《げん》に伏せられたのかもしれない。

浄心寺の手習い処も静かで、いつもの手習い子たちの声が聞こえてこない。それもそのはずで、きょうから年始にかけ、手習いは休みに入ったのだ。親にしてみれば年末の慌《あわ》ただしいなか、子供たちには手習い処に行っていてもらいたいだろうが、手習い処も年末になればそれなりに忙しい。だが浄心寺のそこは、開設してまだ一月《ひとつき》も経ていない。それだけ世のしがらみもなく、年末だからといって忙しいということはなかった。

師匠《ししょう》の矢内照謙《やないしょうけん》はいましがた、いつもの絞《しぼ》り袴《ばかま》に似た軽衫《かるさん》に、袖《そで》を細く絞《しぼ》った筒袖《つつそで》を着込んだ姿で、中間の箕助《きすけ》をともない、寺僧たちと一緒に本堂での朝の勤行《ごんぎょう》に出向《でむ》き、

「どうだ。朝夕のお勤めにも、もう慣《な》れたかのう。朝早くの勤行《ごんぎょう》は、気分のよいものじゃろ」

と、手習い処に戻って来たところだ。

天保《てんぽう》十三年（一八四二）極月《ごくげつ》（十二月）末の、よく晴れた一日だった。

「へえ。まあ、その、性分《しょうぶん》じゃござんせんが、ここはなにぶん、お寺さんですから」

と、冷えた本堂に端座《たんざ》し誦経《ずきょう》に没入《ぼつにゅう》する毎朝の行《ぎょう》に、箕助《きすけ》はいくらか仕方

なさを刷《は》いた表情で返した。

「それでよい。そのうち、門前の小僧になろうて」

照謙は笑いながら、朝日の射《さ》しはじめたばかりの縁側に腰を据えた。

昨夜、黒装束の武士が二人、灌木群のなかから窺《うかが》っていたのは、この手習い処である。矢内照謙は黒装束の武士たちから、命を狙《ねら》われている……。

箕助は照謙の横で、竹箒《たけぼうき》を手にしたまま問いを入れた。紺看板《こんかんばん》に梵天帯《ぼんてんおび》といった、武家屋敷の中間《ちゅうげん》を思わせる姿が似合っている。

「なんですかい、門前の小僧たあ」

「門前の小僧、習わぬ経《きょう》を読む、というてのう。それを日常に見聞《みき》きしておれば、知らず内容まで身につけるというたとえだ」

「へぇえ、さようですかい。あっしゃあ煩悩《ぼんのう》を断ち切った涅槃《ねはん》（絶対静寂の世界）なんざ、まだまだ縁遠い身でござんすがねえ。ともかく旦那に拾い上げられてからというもの、生きているのが楽しゅうなりやしたぜ。これも門前の小僧ってやつでしょうかねえ。ま、旦那のおかげでさあ」

箕助の言葉に偽《いつわ》りはない。すでに〝門前の小僧〟になっている。ほんの一月《ひとつき》ばかりまえまでは無宿者で、墓場の供物《くもつ》泥棒までして喰《く》いつないでいた溢《あぶ》れ者《もの》だったのだ。その箕助の口から、〝涅槃〟・などといった言葉が自然に出てくる。まさに〝門前の小僧〟だ。

箕助はいま矢内照謙の最も身近に仕えているが、その本名が世間ではすでに涅槃の人となっている、南町奉行の矢部《やべ》定謙《さだのり》であり、墓もこの浄心寺にあることに気づいていない。もっとも浄心寺でそれを知るのは、住持の日舜《にっしゅん》のみである。浄心寺は矢部家の菩提寺なのだ。

その箕助が縁側にゆったりと座っている照謙の前で、竹箒をゆっくりと動かし始めた。口もゆっくりと動く。

「へへ、おかげでこんどの正月は、暖《あった》けえ畳の部屋でゆっくり過ごせまさあ。耕作《こうさく》と与作《よさく》を呼んでやってもよござんすかい。お琴《こと》さんも声をかけりゃあ、よろこんで来やすぜ」

「ああ、そうしてやれ。もらい物の餅《もち》のう、多すぎてわしら二人じゃ喰いきれんでのう」

還暦《かんれき》にはまだ数年あるが、綽綽《しゃくしゃく》たる体軀《たいく》にいぶし銀の貫禄まで湛《たた》えた照謙は、日なたぼっこののんびりとした口調で返した。箕助は二十代なかばで、すばしこそうな身のこなしをしている。

その日のことだった。外神田《そとかんだ》の武家地で騒ぎがあった。

武家地であれば、年の瀬の差し迫った夕刻であっても、閑静なたたずまいを見せている。

そのなかに権門駕籠《けんもんかご》が一挺《いっちょう》、ゆっくりと進んでいた。供《とも》の者たちは武士でも中間でもなく、女中に下男、それに作務衣《さむえ》に薬籠《やくろう》を小脇に抱《かか》えた、一見代脈《いっけんだいみゃく》（助手）と分かる供も二人いるところから、駕籠の主はいずれ名のある医者であることが推測できる。

一行が武家地の錬塀小路《ねりべいこうじ》から、あと数歩で諸人《もろびと》の忙《せわ》しなく行き交う町場に入ろうかというときだった。髪を乱し、二歳か三歳くらいのぐったりした男の子を抱いた女と、それを支える夫《おっと》らしい小商い風の男が、

「お願い！　お願いでございまするうっ」

「この子が、この子が！」

悲痛な叫び声とともに、駕籠に取りすがろうとした。風邪《かぜ》をこじらせた子を助けてくれと哀願しているのだ。

「ならぬぞ。離れろっ」

「われらは忙しい身じゃ」

代脈二人が夫婦者の前に立ちはだかった。医術にかかわろうとする者なら、親の抱いた子の額に手を当てずとも、赤らんでぐったりしたようすを見ただけで、

(放ってはおけない!)

感じるはずである。

だが、逆だった。

権門駕籠の者たちにとって、そこが武家地なのがさいわいしたようだ。町場であれば、たちまち野次馬《やじうま》が集まったことだろう。町場が近いから、すこし離れたところから数人の町人が足を止めているが、白壁の往還《おうかん》に踏み込むまでには至っていない。

すこし離れた武家屋敷からも六尺棒の中間が二人ばかり走り出て来て、病気の幼子《おさなご》を抱いた夫婦者を、いまにも打ち据えるように押し返した。

小商い風の男は肩を六尺棒で押さえつけられたまま叫んだ。

「竹全《ちくぜん》さまあっ、以前は親切にこの子を診て、薬湯を調合してくだすったじゃありやせんかっ」

その声は町場に踏みとどまっていた往来人たちにも聞こえた。

「竹全……!?」

声が出た。権門駕籠の医者が、つい一年まえまでは患家《かんか》への往診にみずから薬籠を小脇に歩いていた徒歩《かち》医者だった、及川《おいかわ》竹全であることを知った。

庶民的な徒歩医者に対し、権門駕籠で供を従えて往診に出向く医者を乗物《のりもの》医者といった。徒歩医者が調合すれば一分《いちぶ》の薬湯が、おなじものでも乗物医者なら十倍の二両、三両にもなり、往診になれば代脈はむろん駕籠《かご》舁きにまで手当てをしなければならない。それらの医者の多くは大名家や高禄《こうろく》旗本の侍医《じい》になっており、ひとたび大名家の侍医になれば禄《ろく》まで与えられ、医家にとってはそれが最高の出世となり、生活《たつき》も徒歩医者とは雲泥《うんでい》の差となる。

駕籠の中から声が聞こえた。

「進めよ」

駕籠は庶民の嫌悪の目が待つ町場に進んだ。

集まった衆のなかから、

「やつらなら、仕方ないわいっ」

声と一緒に、

「むむむ」

歯ぎしりの音まで聞かれた。

町場に入った。

武家屋敷からはさらに足軽や中間が出て来て周囲を固めるなかに、権門駕籠は粛々《しゆくしゆく》と進んだ。駕籠の背景には、武家屋敷がひかえている。ここで罵声《ばせい》の一つも浴びせようか、奉行所への反抗としてたちまち六尺棒に打ち据えられ、町の自身番から茅場町《かやばちよう》の大番屋に引かれることになるだろう。大番屋は小伝馬町《こでんまちよう》の牢屋敷に準じ、牢問《ろうとい》（拷問《ごうもん》）の諸道具もそろっている。

往還《おうかん》に立ち止まった町衆らは男も女も、恐怖と圧迫感に、

「うむっ」

ただ歯ぎしりする以外になかった。

だが、うわさをすることはできる。

それは外神田から神田川《かんだがわ》を越え、日本橋《にほんばし》や両国《りようごく》に近くなる内神田《うちかんだ》にまでもながれた。

二

陽が中天を過ぎ、西の空にかなりかたむいたころ、箕助が大晦日《おおみそか》には呼んで一緒に除夜の鐘が聞きたいと言った耕作と与作が、それとは別に空《から》の大八車を牽《ひ》き、浄心寺の手習い処に来た。事のついでではなく、なにやら目的があって来たようだ。

二人とも十代なかばで、まだ表情に童顔《どうがん》の雰囲気を払拭《ふっしょく》しえていない。箕助とは武州川越《ぶしゅうかわごえ》の国者《くにもの》同士で、飢饉《ききん》で江戸へながれて来てから知り合い、三人一組になってお上《かみ》の目を盗む日々を送ってきた。兄貴分と弟分二人というより、寝食を共にし、一緒に六尺棒の下をくぐってきた、まさに義兄弟といった絆《きずな》で結ばれている。

「おおう、どうしたい。正月にゃお琴さんともども声をかけ、ここで一杯《いっぺえ》やりながら餅でも喰おうって、お師匠と話していたところだぜ」

竹箒を動かしながら言う箕助の言葉に、

「そういうことだ。大晦日の夜だ。増上寺《ぞうじょうじ》の除夜の鐘を聞くのもいいが、浄心寺《ここ》の鐘を身近に聞くのも乙《おつ》なもんだぞ」

矢内照謙はうなずきを見せて言った。

角顔の耕作が、大八車の輀《くびき》に入ったまま縁側に一歩近づき、

「ありがてえ。御馳《ごち》にならさせてもらいまさあ。きょうここへ参《めえ》りやしたのは、ほかでもありやせん。浄心寺さんも知っておいたほうがいいと思い、知らせに来たって寸法で」

「そう、永代寺の門前でさっき聞いたんでさあ。墓場荒らし……。い、いえ、あ、あっしらじゃござんせん」

大八車の轅《ながえ》に軽く手を添えていた丸顔の与作が、顔の前で手の平をひらひらと振った。眼差《まなざ》しが真剣だ。

「なにかあったのか」

と、箕助は竹箒の動きをとめた。

「埋葬されたばかりの、若え女《わけ》の死体が……」

「消えたっ……て」

角顔の耕作が言ったのへ、丸顔の与作がつないだ。

「上がれ。聞こう」

照謙も真剣な表情になり、部屋の奥のほうを顎《あご》でしゃくった。

十二畳敷きの手習い部屋の奥にも部屋があり、六畳の居間と四畳半の中間部屋と台所だ。外には厠《かわや》もあり、手習い処として建てられたのだが、人がそこに住める造作《ぞうさく》になっている。

座が縁先から奥の居間に移った。

「まあ、座れ」

貫禄も渋みもある照謙はあぐら居《い》に足を組み、若い三人にもおなじようにと手で示した。いまは手習い処の忠僕《ちゆうぼく》になっている箕助は、奉行所の役人に追われ追われての無宿渡世に年季を重ねてきた身である。江戸での裏道にまだ日の浅い耕作と与作も、それぞれに手習い処の師匠である照謙と、向かい合うかたちに足を崩した。

本来なら、あり得ない光景だ。これも箕助らが矢内照謙の正体が「矢部定謙《やべさだのり》」であることを知らないからだろう。

「永代寺の墓場から死体が消えたって？」

「あっしらじゃありやせんので、念のため」

照謙が話をうながしたのへ、ふたたび耕作が確認するように言った。箕助が笑

いながら、

「わかってらあ、そんなこと。早《はよ》う話せ、若い女の死体がどうした?」

返し、照謙の顔にチラと目をやり、バツの悪そうな表情になった。墓場についてては箕助、耕作、与作の三人には照謙に対し、出会いのときからのうしろめたさと、その反対の感謝の念が入り混じっている。

そこへ顔を出した日舜は、くつろいだようすで言ったものだった。

「——ご時世の故《ゆえ》かのう。近ごろ生きて餓鬼道《がきどう》をさまよえるか、夜陰に御仏《みほとけ》への供物《くもつ》を求める者が増えておる。墓場は手習い処のすぐ横じゃ。気をつけていてくりゃれ。その者らをいかに処するかは、そなたに任せるゆえ」

日舜は供物盗人《ぬすっと》の処置を、定謙《さだのり》あらため照謙《しょうけん》に、丸投げしたのではない。照謙ならその者らを捕えても、仏道に沿った措置をするはずと信じたからだ。

夜更けてから厠《かわや》に立ったとき、墓場になにものかの動く気配を感じた。数人の人影だった。木刀を手にそっと近づいた。まさしく供物盗人だ。見つかったと気づいた影の一人が、他の影を逃がそうと木刀を手に身構える照謙の前に立ちはだかった。夜陰では木刀も真剣もとっさに見分けはつかない。立ちはだかった影の手にあるのは匕首一振《あいくちひとふり》、捨て身の構えだ。

「――兄イーッ」

「――一緒にーっ」

二つの影が悲痛な声を上げ、

「――早《はよ》う！」

捨て身の男の声に、二つの影は戸惑いながら闇に紛れた。

照謙はこのとき、体を張って舎弟を逃がした男に俠気《きょうき》を感じた。力は行使したが、捕えたのではない。手習い処の居間に引き、静かに畳に座らせた。灯りのある部屋で見れば、なんと浜松町《はままっちょう》で役人に体当たりし、娘義太夫《むすめぎだゆう》を逃がすのにひと役買ったあの若者ではないか。

武州無宿で名を箕助といい、その夜から中間《ちゅうげん》として手習い処に住み込むことになった。悲痛な声とともに闇に紛れたのは、すばしこそうな角顔が耕作で、おっとりした丸顔を与作といった。二人は照謙の口利きで布袋《ほてい》の鋭吾郎《えいごろう》を訪《たず》ね、増上寺門前の町場で堅気《かたぎ》の荷運び人足《にんそく》をするようになった。

除夜の鐘を一緒にと声をかける予定のお琴というのが、浜松町で助けた娘義太夫で、いまは増上寺の門前町にねぐらを置き、布袋の鋭吾郎の庇護《ひご》下にある。源氏名を嶌田屋琴太郎《しまだやことたろう》といい、照謙がまぎらわしいから〝お琴〟にしろと言い、義太夫を離れたときは〝お琴〟を名乗るようになった。〝娘義太夫〟というとおり十八歳の娘盛りだった。

こうして南町奉行の矢部定謙だったときであれば、厳に取り締まらねばならない四人が、いまでは照謙の目となり耳となり手足となっているのだ。この顔ぶれの連携は鳥居耀蔵《とりいようぞう》の用人・垣井修介《かきいしゅうすけ》を誅殺《ちゅうさつ》するとき、大いに発揮されたものだった。その誅殺の過程で、永代寺門前の町場を仕切る店頭《たながしら》・門仲《もんなか》の市兵衛《いちべえ》と昵懇《じっこん》になったのは、大きな収穫だった。

手習い処の居間で、耕作と与作が語る話に永代寺が出て来たのだから、門仲の市兵衛が係り合っているのかもしれない。照謙はいっそうの興味を持ち、

「永代寺で死体盗人があった？　詳しく話せ。供物盗人とは事情が異なるようだからのう」

と、いくらか苦笑を見せ、さきをうながしたのへ角顔の耕作が、

「へえ、まあ」

あらためて恐縮の態《てい》になり、

「ほれ、旦那もご存じでやしょう。あの門仲の市兵衛親分とこの若い衆から聞いたんでさあ」

「ふむ。門仲の若い衆のう」

「へえ、さようで」

照謙が念を押したのへ耕作は話しはじめた。

「きのうの夜でさあ。永代寺さんの境内《けいだい》から、埋めたばかりのホトケが、何者かに掘り起こされ、持ち去られたってんですから、もう驚きでさあ。永代寺さんじゃなぜか寺社奉行に報《しら》せていねえってことでさあ。それでなにか手掛かりになりそうな話は聞いていねえか、などと門仲の代貸から訊《き》かれたもんでやすから、もう身が震えやしたぜ」

与作も真剣な表情だ。死体を盗んだりしなかったが、墓場荒らしは身に覚えがあるものだから、疑われていないかと緊張もしたのだろう。

耕作は話をつづけた。

「消えたのは永代寺さんの檀家の十七歳になる娘で、病死らしく五体のそろったきれいなホトケだったということでさあ。探索は密事《みそかごと》だから、と代貸は念を押しやしてね。浄心寺の旦那に、合力《ごうりき》を願いてえ、と」

店頭の市兵衛と代貸の浜三郎《はまさぶろう》が死体盗人について話し合っているところへ、耕作と与作が大八車を牽《ひ》き、永代寺の門前仲町に入って来たのだった。そこで浜三郎が呼びとめ、浄心寺の手習い処へのつなぎを依頼したのだ。

もちろん増上寺門前を仕切る布袋の鋭吾郎も、永代寺門前を仕切る門仲の市兵衛も、浄心寺に住まう手習い師匠が武士の出で、闇走りも辞さない御仁と信頼しても、その素性は知らない。

(以前を一切問わない。大事なのは現在《いま》である)

というのが、江戸中のどの店頭にも共通した仁義である。だから箕助や耕作、与作、それにお琴らも門前町にあって、生き生きと日々を送れるのだ。

それにしても、手習い処師匠が矢部定謙《さだのり》で、火盗改め長官だの勘定奉行だの南町奉行だのといった、お上《かみ》というより幕府の中枢の役職を踏んできた人物であることを知れば、ただただ仰天し、箕助やお琴たちも飛び上がって驚くことだろう。

その門仲の市兵衛の要請を、いま耕作と与作は矢内照謙につないだ。

なるほど盗賊の探索や消えた死体探しなど、寺社奉行にできる仕事ではない。経験も人材もそろっている町奉行所は支配違いで、取り合ってくれない。だから永代寺は門前の町場を仕切っている店頭のうち、最も有力で信頼のおけるな門仲の市兵衛に、秘かに糾明を頼ったのだ。相手が店頭一家であれば、寺社奉行や町奉行所と異なり、秘密も保たれる。箕助も耕作、与作たちも、話を外に洩らすことはない。

箕助が三人の兄貴分らしく訊いた。

「それでおめえら、門前仲町《もんぜんなかちよう》から急いで帰《けえ》って来たかい」

「へえ。すこしでも早《はよ》うにと思いやして」

と、丸顔の与作がつなぐ。

箕助は言った。

「現場は見てきたかい。あそこの墓場なら幾度か行って、勝手はわかっているはずだぜ」

「んん、兄イ」

耕作が困惑したような声を洩らしたのへ箕助は気づいたか、

「い、いや。まあ、その、永代寺さんからも幾度か救ってもらいやして。へえ、むかしのことで」

耕作と与作が、バツの悪そうにうなずきを見せ、

「あははは」

照謙は笑いながら三人へ順に視線を向けた。

「そりゃあ永代寺に眠っているホトケも喜んでおるじゃろ。せっかくの供物を朽ちさせるのじゃのうて、現世《げんぜ》に生きる者の役に立てたのじゃからなあ」

「そ、そう、なりやすねえ……」

箕助は返し、座は死体の話からなごやかなものになった。

耕作がようやく箕助の問いに応《こた》えた。

「もちろん、行きやした。ところが、墓場にゃ縄張《なわばり》がしてあって、近づけやせんでした」

与作がうなずくなかに箕助が、

「なるほど、話はほんとうのようだ。ねえ、旦那」

照謙もうなずき、

「そうと決まれば、耕作と与作は早《はよ》う増上寺に帰り、布袋の鋭吾郎にも話しておくのだ。そこにも似たような話があり、増上寺から鋭吾郎がなにか依頼を受けているかもしれぬ。それを訊くのだ」

「へいっ」

「がってん」

と、耕作と与作は威勢よく座を立った。二人とも門仲一家からだけでなく、照謙からも布袋の一家につなぐよう頼まれ、いっそう張り切った。

陽はかなり西の空にかたむいているが、大八車を牽いていても、まだ明るいうちに増上寺門前に着きそうだ。

三

照謙は本堂で夕の勤行《ごんぎょう》を終えたあと、

「おまえも一緒に来い」

と、箕助をともない、座を寺の庫裡の一室に移し、住持の日舜と膝を交えた。

言われたとき箕助は、

「いいんですかい！」

満面に笑みをたたえ、問い返していた。供物泥棒に入った先で捕まり、仕置《しおき》どころか逆に拾い上げられ、住持との秘密めいた膝詰《ひざづめ》にも同座を許される。それが箕助には誇らしく、嬉しくて仕方がない。

さっそく照謙は、さきほどの耕作らの話を披露し、

「そのうわさなら、拙僧《せっそう》も聞いてはおります。うーむ、永代寺さんにも現われま

したか」

日舜は、表情を曇らせた。

寺のあいだでは、数年もまえからささやかれていたらしい。江戸だけでなく、ときおりだが武州《ぶしゅう》や相州《そうしゅう》などからも伝わってきており、それも冬場に集中しているという。諸国行脚《あんぎゃ》の修行僧などが、

「――なんとも不可解な、罰当《ばちあ》たりなことですが」

と、わらじを脱いだ寺に伝えていた。そうしたことから、日舜も墓場の死体盗人のうわさは知っていたのだろう。

照謙はつづけた。

「実は永代寺門前の店頭から、間接的にではござるが、浄心寺に被害はありやなしや、訊いてくれぬかと頼まれましてなあ」

「ほう。門仲の市兵衛でござるな。永代寺さんは市兵衛に探索と警戒を依頼されましたか」

と、日舜は呑《の》み込みが早かった。

箕助は照謙の斜めうしろで、得意そうにうなずきを入れた。自分ではないにしろ、弟分の耕作と与作が持って来た話なのだ。

「いかなる理由《わけ》があろうと、深夜に鍬を入れて棺桶を壊し、ご遺体を持ち去るなど、御仏《みほとけ》への冒瀆《ぼうとく》じゃ。許されることではござらん」

日舜は語気を強め、

「浄心寺《うち》には永代寺さんのご門前のように、有力な店頭はおらぬ。よし、浄心寺《ここ》はまだ被害に遭《お》うておらぬが、警備はそなたに任せよう。よろしいかな」

「がってんでさあ」

箕助が勇んで応《こた》え、

「いえ、まあ、あっしが言うのもなんでやすが。へえ」

いささかはにかんだ仕草を見せた。

日舜も、箕助が手習い処に中間として住み込んだときの事情を知っている。

「なあに、そなたなら忍びに長《た》けていようから、頼《やわ》りにしておるぞ」

と、その言葉で張りつめていた庫裡の雰囲気は和らいだ。

庫裡からの帰り、すでに夜の帳《とばり》がおり、箕助が寺男《てらおとこ》から渡された提灯を手にしている。

本堂の裏手が墓場になっており、手習い処はそこから灌木群を過ぎたところにある。もちろん山門から行き来する道順もあるが、本堂や庫裡からなら墓場と灌木群を抜けるのが近道になっている。

「へへへ。やはり墓石のあいだを縫って歩くのは、あまり気味のいいもんじゃありやせんねえ」

「そうでもないぞ。御仏に護《まも》られている気になれぬか」

「とんでもありやせん。逆に引き込まれそうでさあ」

と、二人がいま歩を踏んでいるのは、矢部家代々の墓の前だった。

照謙《しょうけん》が言った。

「見ろ、そこに一升徳利《いっしょうとっくり》が供《そな》えてある。もらって帰れ」

「えっ、いいんですかい」

箕助は驚いたように返した。

照謙はさらに言った。

「なぜかその墓に供えられる酒は、いい味の富士見酒《ふじみざけ》でのう。お住《じゅう》から、仏門にあるものが口にするのはもったいないからと、それに限ってわしが飲んでもいいと言われておってなあ」

事実である。矢部定謙に子はなく、家名断絶となり、妻は実家に戻され、墓の面倒を看《み》る者はいない。だが、いつも花が添えられ、線香の煙もよく上がっており、上等な酒が供えられている。それも矢部定謙が好きだった、灘《なだ》の富士見酒が多かった。矢部定謙の好物を知る者が、供えているのだろう。富士見酒はむろん、誰が花を添え、線香を手向《たむ》けているのか、日舜も照謙もさらに寺僧たちも、口にすることはなかった。

「どなたの墓か存じやせんが、それじゃご免なすって。御馳《ごち》になりやす」

一升徳利の首紐《くびひも》を取り、

「ほう。たっぷり、入《へえ》ってまさあ」

満足そうに抱えた。

灌木群に入った。踏み固めた、杣道《そまみち》ができている。

途中に、背をすぼめねばくぐれぬほどの鳥居が立っている。朱色に塗っているわけではなく、木肌のままだから、気をつけていなければ見落として通り過ぎるほどだ。鳥居の奥にはこれまた小さな祠《ほこら》がある。ときおり目立たぬように参詣《さんけい》している人影を見かけるが、いずれも武士である。

「——なんなんでしょうねえ、あれは。扁額《へんがく》にゃわけのわからねえ文字が書いてあって、〝荘照居成《そうしょういなり》〟なんて、教えてもらわなきゃ読めやせんでしたが、お稲荷《いなり》さんでもなさそうだし。なにが祀《まつ》ってあるんでやしょうねえ。お詣りなすっているのも、お侍《さむれえ》ばかりみてえだし」

箕助が訊いたとき照謙は、

「――日《ひ》ノ本《もと》には八百万《やおよろず》の神々が在《おわ》す。気にするな。ただ、足を向けるな」

笑って答えただけだった。

その小さな鳥居の前に歩を踏んでいる。

「お住から、ここにも供え物があれば、その片付けを託《たく》されておる。おまえに任そう」

「よろしいんで？」

箕助ははにかむよりも、弾んだ声で返した。お下がり頂戴《ちょうだい》の公認だ。

手習い処に戻ると、さっそく箕助が居間の火鉢でスルメを焼き、熱燗《あつかん》の準備にかかった。

「あちち」

と、用意ができた。

「ほんとうに富士見酒でやしょうかねえ」

と、箕助が手酌《てじゃく》で湯呑《ゆの》みを口に運んだ。熱いので音を立ててすすった。

「うーん、たまんねえ」

「ふふふ、そうであろう」

と、照謙も箕助が注《そそ》いだ湯呑みにそっと口をあて、舌鼓《したつづみ》を打った。

畿内《きない》の灘《なだ》や伏見《ふしみ》、摂津《せっつ》（大坂）の銘酒を江戸へ運ぶのに、樽廻船《たるかいせん》に載せ紀州《きしゅう》灘《なだ》や遠州灘《えんしゅうなだ》の荒波に揉《も》まれれば、酒に樽の木の香が染《し》みつき、この上ない味わいになる。地元の摂津や京の旦那衆が、わしらには飲めないそんないい酒を、江戸者だけに飲ませるのは我慢できんぞ、と悔《くや》しがった。そこで旦那衆が資金を出し合い、摂津の湊《みなと》を船出した樽廻船を富士山の見える遠州灘で引き返させ、木の香の染みこんだ酒を味わった。これを〝富士見酒〟といったが、江戸でも遠州灘を経た畿内の酒を富士見酒というようになり、その名がつけば値の張る旨酒《うまざけ》の証《あかし》となった。

矢部定謙は大坂西町奉行のとき、よく灘の富士見酒を口にしたものだった。江戸に戻り、南町奉行に就いてからも富士見酒の独特の味わいが忘れられず、出入りの酒屋に灘の富士見酒が入れば、樽ごと買い求めたものだった。いま矢部家の墓にそれを供えるのは、照謙こと定謙のそうした嗜好《しこう》を知っている者で、そう多くはない。

その味わいに〝たまんねえ〟と感動の声を上げた箕助は、富士見酒の名は知っていても、味わったのはこれが初めてだった。

「ほおう、ほう、ほう。これが富士見酒ですかい」

と、手酌《てじやく》で幾度も口に運び、

「徳利の中身をひと目で富士見酒と見抜き、それをゆっくりと嗜《たしな》まれる。大《てえ》したもんだ。旦那は浪人をなさるめえは、きっと由緒《ゆいしよ》ある家柄のお人だったんでござんしょうねえ」

などと言う。ことさら感心しているようすで、その前身をしつこく訊こうとはしない。ただ、機嫌がいい。いい酒は、いい酔い方をするようだ。

照謙も久しぶりの富士見酒に、供えた者へ感謝しながら、いつになくほろ酔い機嫌になった。

四

増上寺門前の布袋の鋭吾郎から、照謙の問いに返事があったのは、その翌朝、日の出間もなくのことだった。迅速《じんそく》な反応だ。

耕作と与作が仕事の途中か、家具屋の荷を満載したままの大八車を手習い処に牽いて来た。仕事に出たものの、請け負った荷を届けるよりさきに、浄心寺の手習い処に歩を取ったのだ。

要件は書状ではなく、口頭で述べるものだった。それも二人が若いにもかかわらず、布袋の鋭吾郎から信頼されている証になろうか。

増上寺でも今年の秋が深まったころ、死体の盗難が一件あったそうな。しかも話を聞けば永代寺の場合とおなじで、若いか年増かは知らないが五体のそろった女の御仏だったらしい。はたして増上寺も永代寺同様、探索能力も機動力もなく、ただ面倒になるだけの寺社奉行には届けなかった。代わりに布袋の鋭吾郎が探索と警備を依頼されたらしい。永代寺の門仲の市兵衛とまったくおなじである。

「ふーむ。寺社奉行とは名ばかりで、肝心の寺々からはまったく信頼されていないようだのう」

聞きながら照謙は、思わず言った。実態は想像以上で、それはこのようにして市井《しせい》の者から直接聞かなければ、理解できぬところである。

一緒に聞いていた箕助が、

「へん、だからでさあ。どこのご門前でも、店頭が睨《にら》みを利かしているから、住人は安心して日々が送れて、商《あきな》いもできるんでさあ」

得意げに言ったのへ、耕作と与作は大きくうなずいていた。二人は増上寺門前の町場で、布袋の鋭吾郎の世話になり、無宿でも役人に追い立てられることはなく、荷運び人足の仕事まで得ているのだ。それこそ堅気《かたぎ》の生活《たつき》である。

実際にそのとおりなのだが、事情はかなり特殊である。

江戸開府の当初、寺社の門前は境内とつながっているということで、寺社奉行の管掌《かんしょう》だった。だが寺社奉行には探索の専門機関などなく、大名が就任し、しかも数年で交代する。役務《やくむ》の蓄積もなければ専門の人員もおらず、機動力も犯罪への探索能力もなかった。凶状持《きょうじょうも》ちや脛《すね》に瑕《きず》のある者が寺社の門前に逃げこめば、町奉行所の手から逃れることができた。

ならば自然、門前町はご法度《はっと》に縛られない色街ができ、賭場《とば》が立つ。だからといって無法地帯となったわけではない。町場を仕切る勢力が形成された。渡世人《とせいにん》の一家で、その頭を店頭《たながしら》といった。門前町に住みつき、商いをする衆から見ケ〆料《みかじめりょう》を取り、その代わりに町の安全を保証するところから、他の町のやくざ一家とは異なった名称ができたのだ。

店頭には、店頭たちの固い仁義があった。縄張は門前町の範囲内とし、決して外へ食指《しょくし》を動かすことはなかった。これが門前町の店頭にとって、最大の防御だった。堅気の町場にはいっさい手を出すことはなく、他の勢力が門前町に入って来ることは断固拒否した。それは徹底し、配下の者が他所の町や住人にちょっかいを出せば、店頭は容赦なくその者を処断した。

そうした門前町の仁義は、町奉行所の役人にも向けられていた。門前町の一角に凶状持ちが隠れ住んでいることが判ったとしても、そこが寺社奉行の管掌地であれば町奉行所は踏み込むことができなかった。

当然ながら、

「——これじゃまずいぞ」

幕閣のなかから声が出る。

寺社門前の地は、鳥居や山門を境に、境内の外と明確に定められ、門前町は町奉行所支配となった。

お触れが出されたのは延享《えんきょう》二年（一七四五）のことだった。それより百年近くを経た天保の時代になっても、町奉行所の役人は寺社の門前町には入れず、相変わらず凶状持ちが逃げ込み、法度《はっと》の賭場や女郎屋が暖簾《のれん》を出し、参詣客の出入りする旅籠《はたご》や料亭のならぶ華やかな表通りから一歩裏に入れば、土地の店頭が仕切る地であることに変わりはなかった。

　つまり、一度その土地に根付いた特色が、一片のお触れで変化することはなかったのだ。これを御定めどおり町奉行所の支配に移そうとすれば、あちこちの門前町で血の雨が降り、江戸の治安はかえって乱れることになるだろう。歴代の町奉行はそれを恐れた。住人もまた、町奉行所の支配を受けるよりも、なにかと融通の利く店頭が町を仕切るほうを望んだ。

　だからといって、無法地帯になったわけではない。他の町々よりも住人は安心して暮らせた。仕切り役の店頭たちが、他の町の出来事にはいっさい関与せず、堅気の衆をあくまで大事にするという、何人《なにびと》にも門前町では揉め事は起こさせないという、店頭としての仁義をかたくなに守っているのだ。

　耕作と与作が朝早くに大八車を牽き、自分たちの荷運び仕事のまえに手習い処に入り、照謙に伝えたのは、増上寺でも秋が深まったころに埋葬したばかりの死体を何者かに持ち去られる事件が発生し、やはり増上寺も寺社奉行に訴え出ることなく、秘かに鋭吾郎を呼び、

「罰当たりの探索と墓場の警備を……」

「鋭吾郎親分が増上寺さんから頼まれておいでとのことだそうで」

耕作の言葉に、与作が誇らしげにつないだ。

縁先で一緒に聞いていた箕助が焦《じ》れったそうに、

「おめえら、布袋の親分の言付けはそれだけじゃねえだろう」

「へえ、もう一つありやした」

「そのほうが大事《でいじ》なことで」

与作が応えたのへ、ふたたび耕作が引き取り話しはじめた。

「――こたびも永代寺と増上寺の門前、それに浄心寺の境内が合力《ごうりき》すりゃあ、ずいぶんやりやすうなると思うが、手習い処の旦那に再度、そのご意志がおありかどうかを訊いておいてくれ」

布袋の鋭吾郎は言ったらしい。

「ふむ。あの店頭、思った以上におもしろい男のようだのう」

照謙はうなずいた。

ふたたび三方鼎立《ていりつ》の構図が出来上がろうとしている。耕作と与作は単なる使い走りなどではなく、双方の意志の伝達役となっている。

その二人が得意先の家具屋の荷を載せた大八車を牽いて町場に出たあとすぐ、

照謙が箕助に、

「わしに異存はないぞ。門仲の市兵衛の意向を確かめてこい。市兵衛にその気があれば、それをすぐに増上寺の布袋に知らせてやれ」

「へいっ、がってんでさあ」

箕助は勇んで浄心寺の山門を出た。箕助は永代寺から吉報を持って直接増上寺に向かうことだろう。

その背を見送ったあと、照謙は縁側に日なたぼっこのように座し、

(思えば江戸町奉行だったわしが、二度までもあのやくざ者どもと一蓮托生《いちれんたくしよう》になるとは……。まあ、わしは幽霊になっておるでのう、それもありか。そうするに価値ある男どもよ、やつらは……)

思わずほおを緩《ゆる》めた。

箕助が戻って来たのは、陽がすでに中天を過ぎ、かなり西の空に入った時分だった。さすがは兄貴分の箕助で、耕作や与作のように要件の伝達役だけでなく、具体的に話をまとめていた。あさって、目立たぬように浄心寺門前の小料理屋で中食《ちゆうじき》に一席設《もう》けられることになった。あさってといえば、大晦日《おおみそか》の前日で世の中全体が慌ただしく動いているときである。照謙が布袋の鋭吾郎、門仲の市兵衛

と秘かに会うのに、ふさわしい日と場所だった。

「気の利く男よのう、おぬしも」

「はあ？」

いきなり照謙に褒《ほ》められ、箕助はそれがなににについてか、とっさには理解できなかったようだ。


その日、布袋の鋭吾郎も門仲の市兵衛も、目立たぬようお供の若い衆は一人だけだった。鋭吾郎は〝布袋の〟と二つ名を取っているが、由来は容貌《ようぼう》だ。畳の上にあぐらを組んだ姿が、太って腹が出ており、目尻の下がったところも七福神の布袋さんに似ているのだ。それに対し門仲の市兵衛は、紛争があればまっさきに飛び込んで行きそうな雰囲気がある。

ふくよかな鋭吾郎、精悍《せいかん》な市兵衛、貫禄の照謙の三人が膝を交えてから、死体盗人の探索にも警備にも、ふたたび合力し合うのを確認するのに、ほとんど時間を要しなかった。それもそのはずで、三人とも端《はな》から望みはおなじだったのだ。

箕助もお供の若い衆二人と別室で待つあいだ、それらと存分に若い衆としての意思の疎通《そつう》を図《はか》っていた。

外神田の錬塀小路で乗物医者が小商人の家族に見せた理不尽な応対は、すでに浜松町や深川界隈にまでながれている。

「世も末じゃ」

「許せぬこと」

と、憤懣《ふんまん》を載せた話題にはなったが、そうした事象は珍しいことではなくなっている。だが、憤懣は倍加こそすれ、決して薄められるものではなかった。

それはさておき、きょうここでの話題の中心は、死体盗人の正体はいったい何者かということであった。以前、鈴ケ森《すずがもり》の刑場で、やくざ者が磔刑《はりつけ》のうえ獄門《ごくもん》にさらされた親分の首を、夜陰に乗じて忍び込み、まんまと持ち去った事件のあったことは、この一同のいずれもが知っていることだった。

だがこたびは、それとは性質が異なるようだ。盗まれるのはほとんどが堅気の女である。

「それをいってえ、どうしようというのだ。変態の趣味などと簡単には済まされねえ気がするが」

「それさえ判りゃ、探索しやすいのだが」

布袋の鋭吾郎と門仲の市兵衛は言うが、照謙にも判らないのだ。もちろん事前に照謙は箕助や耕作、与作たちに訊いたが、三人とも適切な答えを持っていなかった。布袋の鋭吾郎も門仲の市兵衛も、手下《てか》の若い衆に質《ただ》したが、いずれも首をかしげるばかりだったという。

だからいま鳩首《きゅうしゅ》している三人の合力が、いっそう大事になってくるのだ。周囲の興味を引かないようにと、酒肴《しゅこう》もほどほどにお開きとし、照謙と箕助が浄心寺の山門に戻ったのは、陽がまだ西の空に高い時分だった。

客人が来ているようだった。

手習い処の縁側に、職人姿の男が一人、日なたぼっこでもするように悠然と座っている。そのようすから、怪しい者でないことがわかる。

「おっ、お師匠。ありゃあいつもの……」

「そのようだ」

箕助が言ったのへ照謙が応じると、

「お帰りですかい。さっきから待っておりやした」

と、縁側の職人姿は腰を上げた。

手習い処にはもうすっかり馴染《なじ》みの征史郎《せいしろう》だった。

近づいた二人に言う。

「遠山《うち》のおやじどのがあした、菊川町《きつかわちよう》のねぐらに来て欲しい、と」

「菊川町のおやじどの？　誰ですかい、それ」

「あはは、征史郎は顔が広いでのう。あちこちに世話になったり仕えたりした旦那は多いでのう」

箕助が言ったのへ照謙が応え、征史郎に視線を戻し、

「ふむ、菊川町のほうのねぐらか。それなら近くていいが。それにしてもあしたは大晦日じゃぞ。一夜明ければ天保十四年の……」

征史郎に問いを入れた。照謙にすれば、こうも切羽《せっぱ》詰まったときに、いったいなにごとが……である。

矢内照謙《しようけん》こと矢部定謙《さだのり》が三途《さんず》の川から生還し、極秘に江戸へ戻ってから、朋《ほう》友《ゆう》であった北町奉行の遠山金四郎《とおやまきんしろう》とまだ一度も会っていないのだ。その再会を金四郎は、世間の最も慌ただしい大晦日に指定してきたのだ。照謙も金四郎もその日を待ち望んでいた。それが突然〝あした〟、世間では一年で最も慌ただしい一日である。照謙が首をかしげても不思議はない。

それを察してか、征史郎は言った。

「おやじどのが言うには、われら二人が他人《ひと》に知られず会うには、かような日し

かないゆえ、と」

「なるほど」

照謙はうなずいた。

「なんなんですかい、いってえ。わけのわからねえことばかりで」

箕助が喙《くち》を容《い》れた。無理もない。いまは職人姿だが、ときには脇差を帯びた遊び人の風体で来ることもある。箕助はその征史郎の正体も知らないのだ。

征史郎は遠山家の用人で、金四郎が北町奉行に就いてからは、定町廻《じようまちまわ》りでも隠密廻りでもなく、奉行所の正規の役職にはない臨時廻り同心として、奉行の最側近となり、公務であっても私事の色合いの強い役務を担っている。

いずれの奉行も歴代、就任すれば最も信頼できる自家の用人を地位の高い内与《うちよ》力《りき》に据え、奉行所の既存の与力や同心に、睨《にら》みを利かせたりするものだ。

だが金四郎は、最も信頼していた用人の谷川《たにがわ》征史郎を内与力には据えず、奉行所の正規の役職ではない臨時廻り同心とした。与力は同心を差配するが、現場で最も奔走するのは同心であり、それだけ同心は市井の実情にも詳しい。征史郎を奉行直属の同心に据えたのは、金四郎がいかに征史郎の能力を買い、重宝《ちようほう》しているかの証《あかし》であった。

また金四郎は、既存の与力や同心との軋轢《あつれき》を生む内与力は設置しなかった。それだけ奉行所に既存する与力や同心たちを、信頼しているのだ。

箕助は征史郎に〝谷川〟という苗字のあることも、まだ知らない。あくまでもあるときは職人、あるときは脇差を帯びた遊び人にもなる、世慣れた風変わりな男である。

五

大晦日になった。

言っていたとおり、午前《ひるまえ》に征史郎が来た。脇差を帯びた遊び人姿だ。

「なんですかい、きょうは。刀なんざ差して。ならばあっしも中間の木刀じゃのうて、仕込みを差しやしょうかい」

と、箕助は張り切っている。

だが、照謙は言う。

「悪いが、箕助よ、きょうは大晦日だ。どんな客人《きやくじん》が来るかわからぬゆえ、ここで留守居をしていてくれい」

「ええ！　留守居ですかい」

　箕助はあからさまに困惑した表情になった。きょうお供をすれば、〝菊川町の大将〟が誰で、征史郎の正体も、

（わかるかもしれねえ）

　と、楽しみに期待しているのだ。

　照謙がこれから訪ねるのは、本所《ほんじょ》菊川町に違いはないが、北町奉行遠山金四郎の下屋敷である。深川の浄心寺からはさらに近い。だからなおさら、箕助を連れて行くわけにはいかないのだ。

　理由はそれだけではなかった。

　照謙はつづけた。

「ほれ、きのう耕作と与作が大八車を牽いて来たときだ。灌木のなかから、以前おまえが言っていた怪しげな男二人の影が、こちらを窺っていたのに気づかなんだか」

「えっ、まことで？」

「ああ、また来ておった。それが気になる。だからおまえに、ここにいてもらいたい。夕刻近くになれば、わしも本堂から帰って来よう。耕作と与作、それにお

琴も来ようから、それも迎えてやらねばならんでのう」

「へ、へえ」

みょうな理由付けだが、言われれば従わざるを得ない。

ときおり墓場や灌木群のあたりから、手習い処を窺う二つの影があることに、最初に気づいたのは箕助だった。

きのうもその二つの影が来ていたのかどうか、照謙のはったりで箕助を手習い処にとどめておくための方便だった。だが、影どもの動きを知るため、箕助を手習い処に残しておきたい気持ちは本当だった。

そこは箕助も解している。手習い処の縁先で、

「お早いお帰《けえ》りを。熱燗《あつかん》の用意をして待っていまさあ」

不満を消せない表情で二人を見送り、

（どうもお師匠は得体が知れねえ）

と、そこには気づいている。

同時に、

（知りとうござんすぜ）

照謙への畏敬《いけい》の念に加え、興味をますます深めていた。

このとき、箕助がそっと照謙と征史郎のあとを尾《つ》けていたなら、深川の浄心寺から本所菊川町は近い。おそらく照謙と征史郎が武家屋敷に入り、人に訊いてそれが遠山屋敷であるのを知り、仰天すると同時に愕然《がくぜん》とすることになっていただろう。だが箕助には、照謙のあとを尾けるなどの発想はなく、一人で雑念なく照謙の帰りを待つ身となっていた。

深川の浄心寺から北方向になる本所の菊川町へは、小名木川《おなぎがわ》を越えてすぐであり、男の足なら急がなくても小半刻《こはんとき》（およそ三十分）くらいで着こうか。遊び人姿の征史郎に、照謙は絞り袴《しぼばかま》に似た軽衫《かるさん》に袖《そで》を絞った筒袖《つつそで》を着込み、上から寒さ除《よ》けに羽織を着《つ》けている。髷《まげ》はなく総髪《そうはつ》にしている。笠《かさ》をかぶり顔を隠しているが、うしろ姿からも笠の中は総髪なのが看《み》て取れる。そのいで立ちで杖をついているのだから、けっこう歳を重ねた儒者か医者のように見える。もちろん歩くのに杖など必要としない。中身は仕込みで刀の代わりである。だが、それをまだ使ったことはない。

小名木川の橋を渡りながら、

「箕助は一緒に来たがっているようでしたが、矢部家の墓の話や、荘照居成の由来などはまだ……」

「話しておらん。あやつはなにごとにも気の利く男でなあ。いましばらく手習い処の中間でいてもらう。そなたもその算段でいてくれ」

「はっ、承知いたしました」

征史郎は照謙と二人だけのときは、武家言葉になる。本来なら権門駕籠を仕立て、南町奉行の矢部定謙に乗ってもらい、谷川征史郎はそのお供として駕籠の横に従っているところである。だが、いまは名を改めた照謙と肩をならべて歩を進め踏んでいる。

二人の足は橋を渡り切り、菊川町の町場に入った。抜ければ武家地で遠山家の下屋敷はその一画にある。

武家言葉で征史郎は問いをつづけた。むろん征史郎は、矢内照謙こと矢部定謙がここに至った事情も、荘照居成の由来も熟知している。しかし、知らないこともある。

「さきほど照謙さまが箕助に言っておいでだった、二人の曲者《くせもの》の件ですが。まさか照謙さまを亡き者にしようとしている刺客《しかく》……？　だとすれば、いずれの放った者でございましょう」

「あははは。わしに心当たりがないわけではないが、推測の域にすぎぬ。なあに、懸念には及ばぬ。金四郎に言うでないぞ。あの仁に余計な心配はかけたくないゆえのう」

「なれど……」

「ともかくだ、金四郎には黙っておれ」

「はあ、ははーっ」

本所の菊川町に歩を踏みながら、征史郎の返事は歯切れが悪かった。ほんとうに心配しているのだ。金四郎に話せば、防御の人数を派遣して来るだろう。そうなれば抗議の餓死《がし》をしたはずの矢部定謙が名を変え、生きていることを世に知らせるきっかけになろうか。それは江戸幕府のなかにおいて大きな政争の一つとなり、秘匿《ひとく》した桑名《くわな》藩は幕府から激しい叱責を受け、藩取り潰《つぶ》しにまで発展しかねない。小粒ながら荘照居成の祠《ほこら》を建立《こんりゅう》し、矢部定謙を神として祀った庄内《しょうない》藩の動揺も隠しきれないものとなるだろう。

(断じて避けねばならぬ)

なにをするにしても、それが照謙の考え得る絶対条件である。

街角を曲がるとき、さりげなくうしろをふり返り、周囲にも目を配った。

（ふむ）

うなずいた。気にしていた黒い影が、浄心寺の周辺に感じられなかったばかりか、いまも周辺にその気配はない。

武家地に入った。人通りは不意に少なくなるが、売掛金の回収だろうか、大福帳を手に小僧を連れた商家の番頭風の男が、総髪に杖をついた照謙と脇差を帯びた遊び人風の征史郎のすぐわきを足早に追い越して行った。二人は胸中に身構えたが、慌ただしさのみで殺気は感じられなかった。本物の商人だったようだ。ホッとひと息ついた。

白壁の角を曲がれば、照謙にはなつかしい遠山屋敷の正面門が見える。矢内照謙こと矢部定謙が招かれ、金四郎と中食《ちゅうじき》の膳を囲んだのは二年ほどまえになろうか。そのときは権門駕籠で、与力や同心が供ぞろえを組み、八の字に開かれた正面門から堂々と入ったものだった。

白壁の往還に歩を踏みながら、征史郎がささやくように言った。

「申しわけございませぬ。おやじどのに言われております。こちらのほうから」

「あははは、心得ておるわい。わしは幽霊じゃでのう」

「御意《ぎょい》」

その返答に、かえって雰囲気がやわらいだ。征史郎がいざなったのは、屋敷の裏門に通じる、狭い路地だった。

人通りはない。

照謙は笠の前を手ですこし押し上げ、

「九死に一生を得たせいか、もう十年も会《お》うておらんように思えるわい」

「おやじどのもさように申しておりました」

征史郎は返した。

裏門の潜り戸が開いた。

入った。

門番がいない。

母屋へは裏庭の縁側から上がった。

この間、すべて征史郎の案内で、一人の中間や女中とも会うことはなかった。つい一年前までは南町奉行であった人物が来たのだ。いかに下屋敷とはいえ、奉公人のなかには顔を知っている者もいよう。遠山家でもその人物の生きていることを知っているのは、金四郎と征史郎の二人だけなのだ。その事実が、遠山家から洩れてはならない。照謙が来たとき、奉公人の誰とも出会わないようにしたのは、金四郎と征史郎の配慮だった。

奥の部屋の前に立った。

ふすまの向こうに人の気配を感じる。金四郎である。

部屋の中でも、廊下に人の立った気配を感じたはずだ。その動きを感じる。

「入ります」

征史郎が片膝を廊下につき、ふすまに手をかけ、開けた。

六

奥の部屋である。

「おおぉお、おぉお。確かに定謙《さだのり》どのじゃ、矢部定謙どのじゃ。いまは、ほれ、なんというたかのう。似たような名で……」

北町奉行の金四郎は腰を上げ、中腰の奇妙なかたちで照謙を迎えた。

照謙は誘われるように部屋へ入るなり、

「矢内照謙《しょうけん》じゃ。戒名《かいみょう》ではないぞ。名は変わってもこのとおり、ひたいに角帽子《すんぼうし》も着けておらねば、ほれ、足も慥《しか》とついておるぞ」

おどけるように跳び上がる仕草をして見せた。

「したが、信じられなんだぞ。征史郎にそなたの生きていることを確かめさせるまではのう」

金四郎は中腰から立ち上がり、照謙の腕を取り、肩をつかみ、あらためて生身の人間であることを確かめたか、

「さあ」

引き寄せるように座に着かせた。

いつの間にかふすまを閉め、下がっていた征史郎が、女中に代わって湯呑みを盆に載せ運んで来た。家人を部屋に近づけない……、徹底している。この分なら中食の膳も、征史郎が運んで来そうだ。

実際、そうだった。

矢部定謙が生きて江戸に舞い戻ったことにまっさきに気づいたのは、お忍びで市中を微行《びこう》していた金四郎であり、それを確かめたのが征史郎だった。だが、その金四郎にも征史郎にもわからないことがあった。なにゆえ預かり先の桑名藩からも、永《なが》の閉じ込めの処断を下した幕府からも、正式に〝死去〟と公表された矢部定謙が生きていたのか。その定謙がなぜに江戸へ舞い戻り、いかなる経緯で浄

心寺の手習い処で師匠になっているのか、その二点である。さらにもう一つ、

（生きている目的はなにか）

金四郎はそこを知りたかった。

「――あの御仁が生き永らえて、よもや世捨て人になったわけではあるまい」

征史郎と語り合ったものである。

「そう一度に訊かれても、答えに困るぞ。ともかくわしは老中の水野忠邦《みずのただくに》さまもさりながら、人を陥《おとしい》れるためなら平然と虚偽の手証《てしょう》を積み上げ、冤罪《えんざい》をかぶせる鳥居耀蔵は断じて許せぬ」

「わしもじゃ」

金四郎は短く返した。

さきほどまで再会を喜んでいた二人の表情に、共通の憤怒《ふんぬ》の色が刷《は》かれた。

「確かにわしは、水野さまと鳥居耀蔵への抗議の断食《だんじき》によって、一度は死にもうした。それがなぜ蘇生《そせい》した？　わしにもわからん。閻魔《えんま》がわしに、三途《さんず》の川を渡らせなかったというほかない」

照謙は死体が運ばれた桑名城下の山寺で蘇生し、住持の竜泉《りゅうせん》の奔走《ほんそう》で秘かに生きつづけることができた経緯を語った。

「ふむ。吉岡左右介《よしおかそうすけ》なる桑名藩の国家老、さぞ困惑し迷ったことじゃろ。竜泉という住持は、仏のようなお人じゃなあ。それがなにゆえ江戸へ？」

金四郎の問いに照謙は、

「わしの死体が運ばれたのが、わが矢部家の菩提寺、江戸の浄心寺とおなじ日蓮宗じゃったのは、御仏の導《みちび》きでござった」

と、前言を置《まくら》き、江戸へ戻ったのは修行に出るための、一つの節目のつもりにすぎなかったことなどを話した。

真剣な眼差しで、幾度もうなずきながら聞き入っていた金四郎は、

「ところが見過ごせぬ事象を見過ぎてしもうた……と。それで寺域に住みながら仏門には入らず、俗世《ぞくぜ》とつながった生き方を始められたか」

と、呑み込みは早かった。

照謙はうなずき、それが浄心寺の日舜の計《はか》らいで、桑名から付き添って来た竜泉は照謙の出家をあきらめないまま国おもてに帰った話もした。およそは征史郎から聞いているが、当人から直接聞けば、現実味も真実味も増してくる。

金四郎は返した。

「おぬしが生きて在《おわ》すこと、桑名藩にしては気が気でなかろう。幕府を真《ま》っ向《こう》か

ら謀《たばか》ったことになるのじゃからのう」

「おそらく」

照謙は短く応えたのみで、国家老の吉岡左右介ではなく、江戸家老の服部正綏《はっとりまさやす》の放ったと思われる刺客が、身辺に出没していることは秘した。ひとつは金四郎に心配をかけたくないためだが、もうひとつは、桑名藩で国家老と江戸家老のあいだに確執が生じ、金四郎が照謙を刺客の手から護ろうとすれば、桑名藩の内紛に介入することになるかもしれないからでもあった。いかなるかたちとはいえ、町奉行が大名家の内紛に係り合うなど支配違いもはなはだしく、厳に慎《つつし》まねばならないことなのだ。

だが金四郎は、桑名藩に葛藤《かっとう》のあることは感じ取っており、

「ほう、それで名を矢部定謙《さだのり》から矢内照謙《しょうけん》に変えたるか」

質《ただ》すように言った。

照謙は灌木群の中にある荘照居成《そうしょういなり》の縁起《えんぎ》を語った。

矢部定謙が南町奉行のときだった。老中の水野忠邦が上知令《あげちれい》の目玉として推し進めようとした三方領地替えに定謙が猛反対し、計画をつぶして出羽《でわ》庄内藩を危機から救ったことがある。それも原因の一つとして矢部定謙がさまざまな濡れ衣

を着せられ、罪人となって桑名で永《なが》の幽閉の身となった。その定謙が抗議の断食によって死去したと伝えられたとき、庄内藩がせめて定謙への感謝の気持ちとして、幕府の目をはばかり、矢部家の菩提寺である浄心寺の境内に、目立たぬよう小ぢんまりとした祠を建立し、定謙を神として祀った。これが荘照居成であり、ここにあって庄内を照らすという意味が込められている。もちろん庄内藩は世の環境が変われば、領内に相応の神社を建立する算段だった。浄心寺境内の小さな祠は、それまでのつなぎである。

「あははは。それで照謙と名乗られたか。そりゃあ神さまじゃ。したが、神として祀られたからには、幕府を謀《たばか》った桑名藩のためだけじゃのうて、庄内藩のためにも、ますます現世に出られなくなったのう」

金四郎は声に出して笑ったが、目は真剣だった。

「まあ、そういうことになる。だからつらい、もどかしい……」

「さもありなん……。わかりますぞ、定謙《さだのり》……いや、照謙《しょうけん》どの」

照謙の言葉に金四郎は大きくうなずき、死んだはずの者が生きていた経緯《いきさつ》を知り、現在《いま》生きていることを解した。寺に住んでも得度《とくど》はせず、世に隠れて世を見つめる……。照謙にそれができる場を整えた、浄心寺の日舜なる住持……、

（なんとよくできた、豪胆な和尚《おしよう》よ）

金四郎は思ったものである。

照謙は伝えたいことを伝え、金四郎は知りたいことを知った。両者に張りつめていた緊張の糸はほぐれ、ようやく座はホッとした雰囲気に包まれた。

現役の北町奉行と、世間では鬼籍《きせき》に入ったと信じられている元南町奉行の会食である。それだけで終わろうはずがない。

運ばれた膳をつつきながら、むしろ話はこれからだった。

（許せぬことじゃ）

と、照謙は昨今の世相を話題にした。箕助や耕作、与作らが外で耳にした、外神田での非道な医者の所業である。諸人《もろびと》の口を経て、その医者の名も正確に伝えられていた。

金四郎もそのうわさを耳にしていたか、

「うーむ、及川竹全でござるか。最近、徒歩《かち》医者から乗物《のりもの》医者になりおった御仁じゃな。しかも、場所が錬塀小路……。ふふふ」

言うと、なにやら含みのある嗤《わら》い方をした。

「その及川竹全なる医者、知っておるのか」

「知っておる。名医と評判の徒歩医者じゃった」

「じゃった？」

「さよう。乗物医者になる以前はな」

と、金四郎はため息まじりに語りはじめた。実際に評判はよかったらしい。しかし、

「出世欲が強すぎてのう」

と、金四郎は言う。

「ほう。鳥居耀蔵どのや水野忠邦さまに似てござる」

「さよう、そのとおりじゃ」

照謙が言ったのへ金四郎は相槌《あいづち》を打ち、話をつづけた。

及川竹全の住まいは外神田で、鳥居屋敷のある錬塀小路に近かった。両者には
そうした地理的な接点があったようだ。

町医者の竹全が腕を認められ、鳥居屋敷に出入りするようになったのは、耀蔵
がまだ目付《めつけ》の時代だった。竹全はこのときはまだ徒歩《かち》の町医者だったが、耀蔵が
照謙こと矢部定謙を誹謗《ひぼう》と中傷によって〝罪人〟に仕立て、おのれが南町奉行に
就いてから、竹全は奉行の侍医として乗物医者となり、

「権門駕籠の中から、町衆を睥睨《へいげい》するようになってのう」

金四郎は言う。

徒歩医者は往診で患家をまわるのに、薬籠を小脇にかかえて徒歩でまわり、せいぜい代脈《だいみやく》（助手）か下男を一人か二人ともなっている程度である。これが高禄の旗本や大名家の侍医になれば、屋敷に出入りするにも徒歩では行けない。供の者を従えた権門駕籠となる。

当然、乗物医者に脈を診てもらえば支度料《したく》がかかり、薬料も徒歩医者なら一服一朱《いっしゅ》か二朱だったのが数倍の一分《いちぶ》か二分になり、高価な薬草を使えば一両にも二両にもなる。二両といえば腕のいい職人の一月《ひとつき》分の稼ぎに相当する。

乗物医者に往診を頼めば、代脈はむろん下男や駕籠舁きの弁当まで出さねばならない。しかも大名家の侍医になれば終身二人扶持《ににんぶち》か三人扶持の俸禄《ほうろく》が出る。だが当然ながら、大名家の侍医など望んでなれるものではない。誰か大名家に押しが効く者の推挙《すいきょ》が必要となる。

「及川竹全はのう、鳥居屋敷に幾度も山吹色《やまぶきいろ》の菓子折りを持参してのう」

「ほう、竹全とやらが錬塀小路《ねりべいこうじ》の妖怪に？　なるほど、うわさは外神田の武家地ということじゃったが、鳥居耀蔵の屋敷がある錬塀小路は外神田じゃわい」

〝妖怪〟とは、このころすでに武家地だけでなく、町場にも流布《るふ》されていた、鳥居耀蔵の綽名《あだな》である。鳥居甲斐守耀蔵《かいのかみようぞう》の官位と名を反転させたもので、聞いた者はいずれも、

（言い得て妙なり）

と、手を打ったが、すぐにしかつめらしい表情になっていた。

「さよう。ご改革では、過ぎたる賄賂《まいない》は奢侈停止《しゃしちょうじ》の理念に悖《もと》るとして、法度《はっと》の範疇《はんちゅう》に入っておる。その理念やよし」

「そのとおり。したが妖怪めはその名にふさわしく、持参した者は拒《こば》まず〝過ぎたる〟を受け取っておるらしい。それで及川竹全とやらは、いずれかの大名家への仕官、いや、扶持の出る侍医の地位を望み……」

「それでますます賄賂を……」

「さよう。なれど、大名家の侍医になるには、もう一段階あらねばならぬ」

「ふむ」

と、照謙もそのあたりの事情はよく知っている。

「で、竹全とやらは、いかようにして大名家に……」

「それよ。さる大名家の侍医が庭の池で錦鯉《にしきごい》を放ち、屋内ではギヤマンの水槽

に南蛮渡来の金魚を飼っていたとの理由で南町に捕縛され、私財没収のうえ遠島《えんとう》になってのう」

町奉行所が目をつければ、冤罪《えんざい》であってもそれを強行できる。

「その医者は確かに、いくらか白と黒がまだらになった鯉を放ち、多少はかたちの変わった金魚も飼っていたそうな」

「そのくらいで遠島？　私財没収なら話もわかるが」

「その医者はなんともかわいそうに、及川竹全が鳥居屋敷に相当な賄賂を運んでいたばかりに、遠島になってしもうたのじゃ」

「えっ？　まさか、侍医の空きを一つつくるために……」

「さよう。その医者もこのご時世に脇が甘かったかのう。ともかくさる大名家に鳥居耀蔵が一人推挙する用意はできた。その話でおそらく及川竹全は最後の打ち合わせにと錬塀小路の屋敷を訪問した。その権門駕籠はきっと行きは重く、帰りは竹全の目方だけになっていたことじゃろう。町場でうわさになる所業があったのは、その帰りのことと思われる」

「当人はすでに大名家の侍医になったつもりで……」

「そのようじゃ」

「あってはならぬことじゃが、妖怪に目をつけられた医者は不運じゃのう」

穏やかな口調だが、肚《はら》の底には、

（許せぬぞ、鳥居耀蔵！）

その思いが滾《たぎ》っていた。

そこに金四郎は気づいたか、話題を変えようと、

「跡見英淳《あとみえいじゅん》先生のう……」

「そうそう、それじゃ。それを訊こうと思うておったのじゃ」

照謙は上体を前にかたむけ、

「して、ご息災《そくさい》かのう。会いたいものじゃが、泉下《せんか》から出向くこともできぬでのう」

「ははは、会えば仰天され、事情を聞けば大喜びされよう。それを英淳先生に伝えられないのが歯痒《はがゆ》うてのう」

金四郎も残念がる。

跡見英淳はかつて矢部家に出入りのあった金瘡《きんそう》（外科）の医者で、名医の誉《ほま》れが高く、

「――医術は仁術というが、英淳先生のためにあるような言葉じゃ」

と、患家の者は言っていた。

療治処を兼ねた自宅が本所の回向院《えこういん》のとなりで、遠山家の下屋敷に近いことから定謙が金四郎に紹介し、いまでは遠山家にも出入りしている。本所に下屋敷がある大名家にも幾カ所か出入りしており、いわば大名家の侍医でもある。だから往診には権門駕籠を仕立てる乗物医者だが、

「――わしにはお大名も町場の患家も、みなおなじじゃで」

と、相手が誰であれ代脈の誠之助《せいのすけ》を薬籠持ちに、徒歩で往診に出向いていた。

「英淳先生のう……」

金四郎はしんみりとした口調で言った。

「おぬしが桑名で、断食行《だんじきぎょう》で命を絶ったと聞いたとき、わしがそばについておれば、さようなことはさせなかったに、と悔しがられてのう。嘆きのあまり数日食《しょく》ものどをとおらぬようすでのう。逆にわしが回向院のとなりまで見舞いに行ったほどじゃった。知らせたいぞ、英淳先生に。そなたが生きて江戸に戻って来ておることをなあ」

「なりませぬわい。まっこと幽霊になった身は辛《つろ》うござる」

「うーむむ」

金四郎も悔しそうな表情になる。

「したが、遠目にでもお目にかかりたいものよ」

照謙が言ったとき、不意に部屋の外が慌ただしくなり、廊下に激しい足音が立った。

七

その足音に上ずった声が重なった。

「殿！　照謙さま！　誠之助どのがいま表門に駈け込まれ、使者ノ間に待たせております。一大事にございます」

谷川征史郎の声だ。うわさをすれば影とはこのことか。だが、ようすが尋常ではない。誠之助とはさきほどの話にも出たとおり、今年二十二歳になる、将来を嘱望《しょくぼう》されている英淳の代脈である。

「なに⁉　入れ」

「はっ」

金四郎の声に征史郎はふすまを素早く開け、中に入るとすぐに閉め、その場に膝を折るなり二人のほうへ膝行《しっこう》し、声を低めた。

「誠之助どのが申されるには、英淳さまがお奉行所のお役人に、大番屋へ引き挙げられました。引き挙げたのは、南町奉行所の同心とのことでございます」

「えっ」

「なんと！」

金四郎と照謙は思わず声を上げ、顔を見合わせた。

大番屋には町々の自身番とは異なり、牢の設備もあれば牢問《ろうとい》（拷問）の道具もそろっている。そこで役人の作成した口書《くちがき》（自白書）に署名すれば、つぎに待っているのは小伝馬町の牢屋敷となる。あとは奉行所のお白洲《しらす》である。

まさしく一大事だ。ならば早々に誠之助を部屋に呼び、直接話を聞くのが最も正確であり、手っ取り早い。

だが、できない。英淳の代脈であれば、当然、矢部定謙と幾度か会っている。部屋に通され、涅槃《ねはん》に行ったはずの者がそこにいたのでは、腰を抜かすだろう。

そこで征史郎は気を利かせ、誠之助を玄関脇の使者ノ間に入れ、

「ひとまず待たせております」

金四郎と照謙はふたたび顔を見合わせ、うなずきを交わした。

征史郎は腰を上げ、部屋を出た。

すぐに戻って来た。

代脈の誠之助も一緒だ。作務衣《さむえ》に厚手の半纏《はんてん》を着けている。

となりの部屋に移った照謙は息を殺し、ふすま越しに聞き耳を立てた。

聞こえる。若い誠之助の声も懐かしい。

「お嬢さまの衣装も簪《かんざし》も櫛《くし》も、私はよう知っております。まったくの言いがかりです！　濡れ衣です！」

まだ興奮気味か、語気を強めている。

それによれば、大晦日のきょう午前《ひるまえ》のことらしい。今年十七歳になる英淳の娘の志乃《しの》が女中をともない、正月の来客に出す菓子類を両国広小路《ひろこうじ》へ購《あがな》いに出かけた。英淳の療治処がある相生町《あいおいちょう》からなら、両国橋を渡ればすぐである。川を隔てていても、となり町のように近い。

突然のことだったらしい。買い物客で混み合う広小路で役人に声をかけられ、近くの自身番に同行させられたという。

身に着けているものが、奢侈停止令《ちょうじれい》に背《そむ》く疑いがあり、

——吟味したき儀有之《これあり》

というのが理由だったらしい。

「はい、そのときは乱暴な取り扱いではなかったとのことです」

ふすま越しに聞いていて、照謙はホッとする思いになった。照謙は娘の志乃もよく知っている。きわめておとなしい娘だ。そうした娘を、自身番は雑には扱えなかったのだろう。

だが、自身番からは女中だけが帰された。

女中は両国橋に下駄の音を響かせ、裾《すそ》を乱し療治処の勝手口に飛び込んだ。

話を聞いた英淳は驚き、女中と入れ替わるように勝手口を飛び出し、誠之助もあとを追った。英淳は相応の金子《きんす》を忘れなかった。

近ごろ、よくあることなのだ。定町廻りの同心や町の岡っ引が、いささか派手好みな娘や放蕩《ほうとう》息子を自身番に引く手口である。容疑は奢侈停止令からいかようにもこじつけられる。だが、標的は派手好みの娘や放蕩息子ではない。

子を囮《おとり》に親を自身番に呼び出し、大番屋にて吟味をすると脅《おど》せば、どの親も震えあがり、なんとか助けてくれと哀願する。そこで法外な見逃し料を取り、自身番の控帳《ひかえちょう》にも記《しる》さない。

記録に残さないのは、つまり袖の下を取ったという手証を残さないためでもあるのだ。お上《かみ》を笠に着た、まったくの強請《ゆすり》である。被害を受けた者は、どこに訴えることもできない。

英淳が誠之助から話を聞いたとき、出向くのに相応の金子を用意したのは、そのためである。そのときは、いかに理不尽であっても、相応の〝見逃し料〟さえ用意して行けば、娘の志乃を連れて帰れると思ったのだ。誠之助も悔しいが、そのように楽観していた。だから内儀も慌てず、女中とともに療治処で待つことにしたのだった。

ところが違った。

両国の自身番に駈け込むなり英淳は捕縛され、志乃と誠之助は放り出された。見逃し料を取るのが目的ではなかった……。

志乃は町駕籠を駆って本所へ駈け戻り、誠之助は同心に縄を打たれた英淳がどこへ引き立てられて行くのかあとを尾《つ》けた。

日本橋を越え、八丁堀のほうへ向かった。ここまで来るともう行き先は茅場町《かやばちょう》の大番屋しか考えられない。

誠之助は日本橋を渡ったところできびすを返し、相生町の療治処ではなく菊川町の遠山屋敷に走ったという次第だったのだ。

ふすまのむこうで照謙が聞き耳を立てている部屋で、誠之助は言う。

「南町の矢部さまはもうこの世の人ではなく、北町の遠山さまにおすがりするよりなく……ううう っ」

「さようなことにのう。よくぞ知らせてくれた。いま英淳どのは茅場町の大番屋じゃな」

うめきにも似た誠之助の声に、金四郎が応《こた》えている。

「はっ。なれど、いかなることか、理由《わけ》がわかりませぬ。御前！　殿！」

聞こえる。誠之助が上体を前にかたむけ金四郎ににじり寄る。緊迫した光景が照謙の目に浮かぶ。

「よし、相分《あいわ》かった」

金四郎の声だ。

「かならず救出する。さあ、このことを相生町に早《はよ》う知らせてやるのじゃ。駕籠で帰った志乃さんも、英淳どののご内儀も気が気でなかろうゆえ」

「ははっ」

金四郎に助けを求めてよかった。〝かならず救出する〟との一言を得たのだ。

その安堵《あんど》感がふすまを通して伝わってくる。

部屋に人の動きも感じられた。

廊下側のふすまが開けられ、一人か二人、廊下に出たようだ。

数呼吸の間をおき、照謙もふすまを開け、元の部屋に戻った。

部屋に姿のなかった征史郎が、見送りは玄関までだったか、すぐ戻って来た。

「驚きました、英淳どのに南町の手が伸び、しかも即座に大番屋とは」

「この差配は妖怪の鳥居耀蔵とみてまちがいないようだ。したが、なぜ……。目的はいったい那辺《なへん》にある？」

征史郎がなかばあきれたように言ったのへ、照謙は鳥居耀蔵への疑念を強く示した。

金四郎が言った。

「志乃どのは自身番でそう乱暴には扱われなかったようじゃが、英淳先生が心配じゃ。大番屋は牢獄ではないとはいえ、牢問の諸道具もそろっておるでのう」

「大番屋での待遇もさりながら、鳥居耀蔵が英淳先生を引き挙げた目的を調べるのが肝要《かんよう》じゃろう」

照謙が言ったのへ金四郎は、

「いかにも。さあ、征史郎。かような日に悪いが……」

「はっ。さっそく探って参ります」

　さすがに信頼で結ばれた主従である。短い会話《やりとり》で征史郎はいまやるべき役務を覚《さと》り、下ろしたばかりの腰を勢いよく上げた。

　征史郎の迅速な動きは、照謙にも心強いものだった。

　大晦日の午後というのに、これから征史郎は日本橋向こうの茅場町に出向き、南町の同心が如何《いか》なる理由で跡見英淳を大番屋に引き挙げたのか、それを探りに行くのだ。それがわかれば、この騒動の全容がわかり、英淳を救出する算段も立てられる。

「せっかくの再会が、とんだことになってしもうたのう。相済まぬことじゃ」

「ははは、おぬしが謝ることはない。この日に英淳先生の新たな消息を知り得たのは、目に見えぬ意志が働いていたのだろう。天に背《そむ》く妖怪の所業を暴《あば》け……とな」

「ふむ、そのとおりじゃ。荘照居成、よう言うた」

「なに、儂《わし》を泉下の客扱いにするな」

「ほっ、世間じゃそうではないのか」

「まあ、そうだが。戒名もあるでのう」

二人の会話《やりとり》は、ようやく気の合《お》うた同士のものとなった。

だが、下屋敷といえど泉下の照謙が長居するのは好ましくない。

征史郎からの報せは、浄心寺の手習い処で待つことにした。

「征史郎のことだ、大晦日の今宵かあしたの元日にも、判ったことを浄心寺に知らせに行くことじゃろ」

金四郎は裏門まで照謙を見送り、言っていた。

二　うごめく影

一

まだ陽は西の空に高い。

武家地にもお店者《たなもの》らしいのが慌ただしく行き交っているのは、各屋敷への売掛金の回収に奔走している商家の番頭や手代たちであろう。この光景はいつもの年末の風物詩であり、日暮れてからは提灯の動きへと変わる。

白壁の通りを抜け町場に入った。

男も女も足早に過ぎ、あるいはすれ違う。そのなかに絞《しぼ》り袴《ばかま》に似た軽衫《かるさん》に筒袖《つつそで》を着込み、総髪に塗笠《ぬりがさ》のいで立ちで杖をつき、悠然と歩を踏む姿は、歳時《さいじ》に左右されない、いずれかの隠居のように見える。だが、手にしている杖は、身を支

える ためではない。

悠然と歩を取るなかに、脳裡《のうり》には張りつめたものがある。思いがけなくも飛び込んできた、跡見英淳の件である。大番屋から娑婆《しゃば》に連れ戻すのは、金四郎に任せても、正攻法でうまくいく保証はない。なにしろ相手は妖怪の鳥居耀蔵なのだ。ともかく調査のため、臨時廻り同心の谷川征史郎が茅場町に出向いている。金四郎が言うように、今宵かあすには英淳が拘束された理由が明らかになるだろう。それが判れば、救出の手立ても考えられよう。

（だが……）

悠然と歩を踏みながらも、笠の中は激しく回転している。

跡見英淳が矢部定謙や遠山金四郎と昵懇《じっこん》だったことを知って、単に嫌がらせをしているのなら、

（佞臣《ねいしん》を相手にするのだ。まともな手段では無理か）

あらためて思えてくる。

（ならばどうする）

ともかく征史郎の報告を待ってからだ。それが今宵、除夜の鐘を聞きながらになるか、あるいはあした、初日の出を拝んでからになるか、征史郎の奔走しだい

となる。

足が小名木川の橋に入った。渡れば深川で浄心寺は近い。

行き交う者が慌ただしく橋板を踏む音に、

（いかん！　忘れておった）

胸中に声を上げ、瞬時足を止めた。

すぐに歩み出した。

もともと悠然と歩いていたから、杖を手にひと呼吸ばかり動きを止めても目立つものではない。この雑踏に出て来て疲れたかと思われる程度だ。

照謙は遠山邸に、大きな忘れ物をしてきた。

飛び込んできた跡見英淳の件が大きすぎて、つい不可解な死体盗人《ぬすっと》について金四郎と話ができなかったのだ。金四郎のほうからも、英淳の件があったからか、死体盗人の話は出なかった。

鈴ケ森《すずがもり》や小塚原《こづかっぱら》の仕置場の獄門台から首が持ち去られたのなら、町奉行所の管掌《かんしょう》になるが、寺の墓地から死体が持ち去られたのでは、寺社奉行の管轄《かんかつ》である。だから、町奉行所に報告がなかったのかもしれない。照謙も南町奉行だったころ、寺社の案件が上がって来たことはないのだ。永代寺にかかわらず死体盗人の話を照謙はうわさに聞いてはいたが、実際に手をつけたことはない。

足はすでに本所を出て深川に入っていた。

なおも脳裡をめぐる。

御仏の盗難を、金四郎と話せなかったのは仕方がなかったとして、

（これはやはり、布袋《ほてい》の鋭吾郎と門仲の市兵衛の存在が大事……）

きのう浄心寺門前の小料理屋で話し合った内容を再確認した。お寺の境内で発生した事件の解決なら、町奉行所は管轄外で手が出せず、寺社奉行が頼りにならないなかにあって、照謙、鋭吾郎、市兵衛が結束すれば、いま江戸で考え得る最強の組合せと言えるだろう。

「よしっ」

照謙は声に出した。

町場は慌ただしい動きを見せている。塗笠に杖をついた爺さんがなにやらつぶやいても、周囲の気にするところではなかった。

逆に照謙はそこに気づき、

（そうあらねばならぬ。わしは涅槃《ねはん》の人、現世《げんぜ》にあっては幽霊じゃでのう）

と、いまの境遇が愉快に思えてきた。

だがこのとき、天保十三年の大晦日が、自分にとっていま歩を踏んでいる世間より、さらに慌ただしいものになろうとは、照謙はまだ気づいていなかった。きょうの大晦日は、除夜の鐘を聞くまでまだ終わらないのだ。

浄心寺の山門をくぐり、手習い処の縁側に腰を下ろし、

「箕助、いま戻ったぞ」

奥に声を投げた。

気になっていた二つの黒い影が、大晦日にまで来ていなかったかどうか、まずそれを訊きたかった。とくに注意せよとは言ってなかったが、箕助なら来ておれば気づくはずだ。来ていても気づかなければ、二つの影はそれほど近くまで迫っていなかったことになる。

返事がない。

瞬時、

（尾けて行った？　それとも連れ去られた？）

脳裡をよぎった。

「お師匠っ」

声は、竹箒《たけぼうき》を手にした平十《へいじゅう》だった。五十がらみで手習い処を立ち上げるとき、箕助が来るまではこまめに庫裡《くり》との連絡役になるなど、照謙に好意的な寺男《てらおとこ》だ。照謙が境内にある矢部家代々の墓に、卒塔婆《そとば》が立てられている矢部定謙であることなど、知る由《よし》もない。

竹箒を手に、なかばよたよたと駈け寄って来た平十は、その竹箒を杖のように持ちかえ、

「お師匠がいつものお客人と、出かけられたすぐあとでしたじゃ」

いくらか息の切れた口調で言う。

（来たか、あの影の男ども。それを箕助が……！）

瞬時、照謙の脳裡を走った。

口にも出した。

「箕助がおらんようだが、なにかあったかな」

「大ありでさあ」

手習い処の縁先である。

「さっきも言ったでがしょう。お師匠が出かけたすぐあと……」

「だから、なにがあった」

照謙の表情は真剣だった。

平十も真剣である。

言った。

「おサキ坊が来やして……、それも一人で」

「なに？」

転瞬、照謙は拍子抜けしたが、すぐ元の真剣な顔に戻った。

おサキは山本町《やまもとちょう》の八百屋の娘で七歳になる。あしたからは八歳だ。檀家の子で照謙の手習い処に通って来ている。

いま手習い処は年末年始の休みである。そこへおサキが来た。それも七歳の娘が一人で……。師匠と中間しかいない手習い処に遊びに来たのではなかろう。また不逞《ふてい》の輩《やから》が町に入りこみ、住人に嫌がらせをしているわけでもあるまい。もしそうなら、子供ではなく大人が駈けつけるはずだ。

黒い影の二人組でなかったのは一安心だが、箕助のいないのが気になる。

「聞こう。座れ」

照謙は縁側を手で示し、みずからもそこに腰を据えた。

平十はさすがに箒を持ったまま照謙と横ならびに座るのは遠慮し、縁先に立ったまま話しはじめた。

陽は西の空にかたむきはじめている。

二

平十は〝大あり〟と言った割には、落ち着いた口調だった。平十にしてはいつものことである。寺男であれば、ときには墓掘人足にもなりホトケと常に対面している。常人とは異なる。

「わしがここで日向《ひなた》ぼっこがてら、箕助どんと話していたときでしたじゃ。そこへおサキ坊が来ましたじゃ」

いま町でなにやら事件が起きているといった、切羽詰まったようすではなかったという。

「——おサキ坊じゃねえか。どうしたい。いま手習いは休みだぜ」

中間姿の箕助が声をかけるとおサキは、

「——わかってます。お師匠《しょ》さんにお話が。いま、おいでですか」

「——ほう、師匠に用かい。そりゃあ惜しかったなあ。来るとき山門のところで会わなかったかい。いまさっき出かけなすったばかりだ。行き先は聞いちゃいねえ。日の入りめえには帰《けえ》って来なさろうがな」

箕助が言うと、おサキが泣きそうな顔になり、全身の力が抜けたのか足がふらついたので、思わずその肩を支えたという。

手習い処に来てみると、師匠はいなかった。その落胆ぶりから、おサキにとってかなり重大な事態が起きているように思える。

箕助もおサキの背を手で支え、

「――なにがあったんだ。言ってみな。俺から師匠に話しておいてやらあ」

「――お千《せん》ちゃんが、お千ちゃんが、死にそう。お医者さん、悪い人」

おサキは言うとその場で泣き出した。

箕助はその肩を抱くようにつかまえた。

おりしも乗物医者になった及川竹全の町衆に対する無情な扱いが、うわさとなってながれてきたばかりだ。箕助も平十もそのうわさに憤慨したものである。

手習い処の縁先で平十は言う。

「わしも箕助どんも思いましたじゃ、似たような非情な医者が、この深川にもいやがったか、と」

「ふむ。わかるぞ」

照謙は相槌を打った。

平十は縁先に立ったままつづける。

「おサキ坊に詳しく訊こうとしましたじゃ。おサキ坊は泣くばかりで、どうも話が進みやせん。そこで箕助どんが、ならばおサキの八百屋で訊こうと言って、おサキを送って山本町に行きましたじゃ」

黒い二人組を尾けたのでも、連れて行かれたのでもなかった。

「まだ帰っていないようだが」

「へえ、そうなんで。あっしも箕助どんがどこまで行ったのか、ちと遅すぎると思うていたところへ、お師匠《しょ》さまがお帰《けえ》りになった次第でやして。どういたしやしょう。わしもちょいと山本町まで走ってみやしょうかい」

平十が言ったのへ照謙は、

「それには及ばぬ。おまえの話でいまの状況がよう分かった。わしはここで箕助の帰りを待つことにする。きょうは大晦日だ。おまえにはお寺の仕事がいっぱい待っていよう」

「へえ、まあ。大事なことは話しやしたので、わしはこれで」

平十は竹箒をまた持ち変え、灌木群を抜け、墓場のほうへ向かった。

照謙は縁側からその背を見送り、

(はて?)

首をかしげた。

平十の話だと、おサキが来たのは、

(儂《わし》を迎えに来た征史郎と、出かけたすぐあとのようだ)

本所菊川町まで出かけて金四郎と話しこみ、そう長居はできぬと帰ってきたが、かなりの時間を経ている。

箕助が出かけたのは山本町だ。浄心寺の裏手ですぐ近くではないか。

おそらく、おサキの言った〝お医者さん、悪い人〟に関心を持ち、それがなにかを確かめに行ったのだろう。

(それにしても、遅すぎる)

金四郎との膝詰めのなかにも、悪徳医者の存在が話題になり、それを妖怪の鳥居耀蔵が厳しく取り締まっている。その一方において、名医で〝医術は仁術〟の跡見英淳が挙げられた。そこへまたおサキの〝お医者さん、悪い人〟の言葉である。

照謙はますます関心を強め、時間を長く感じながらも、待つことにした。

大晦日にただ時の過ぎるのを待っているだけなら、

(これほど贅沢《ぜいたく》な時の過ごし方はないのだが)

そう思い、気を揉みながら待った。

日本橋を渡り、茅場町の大番屋に出向いた征史郎の報告も待たれる。

陽は大きくかたむき、樹々《きぎ》の影が極度に長くなって日の入りの近いことを示している。

(儂も行ってみようか)

思いもする。山本町はすぐそこだし、おサキの八百屋の所在も分かっている。

だが、なにが起こっているか判らないなかに、照謙が直接出向いたのでは目立ちすぎて、かえって話をこじらせることにもなりかねない。箕助が出向き、時間を取っているのは、

(それなりの理由があるからだろう)

と、いっそう気を揉み、居間で上げかけた腰をもとに戻した。

やはり落ち着かず、縁側に出て伸びをした。

箕助が走り戻って来るのを期待したのだ。

その姿はなかった。

ちょうど日の入りだった。

「ふふふ」

口元が緩《ゆる》んだ。自嘲《じちょう》ではない。

（幽霊になり、神に祀られた儂も、大晦日にはこうも気が急《せ》くか）

そこに対する嗤《わら》いだ。

山門を入ると本堂裏手の墓場を経て、灌木群の杣道《そまみち》を抜けるのが、手習い処への一番の近道だ。手習い子たちには墓場ではなく、本堂の前を経て手習い処に至る道順を取らせている。午前《ひるまえ》おサキはその道順に沿って来たため、照謙とはすれ違いになったのかもしれない。

近道の灌木群のほうに人影の動くのが見える。身を潜めるようなようすではなかったから、あの黒い影ではない。

三人もいる。

灌木群からも縁側に立つ照謙の姿が見えたか、

「お師匠、お言葉に甘えさせてもらいやすぜ」

「布袋の親分に話すと、ほれ、これを持って行け、と」

耕作と与作、それにお琴だ。耕作と与作は提《さ》げていた一升徳利を、顔のあたりに持ち上げた。

お琴も、

「親分にはあたしから話しました。すると、これも持って行け、と」

手でかざしたのはスルメの束《たば》だった。

餅は存分にある。浄心寺の手習い処で浄心寺の打つ除夜の鐘を聞く用意は、これでじゅうぶんだ。

灌木群から近寄って来る三人に、

「酒とスルメと餅で、煩悩をふり払うか」

照謙が言ったのは、ふり払うべき煩悩が多すぎたからでもある。とくに箕助とこの三人は、煩悩に立ち向かうときには照謙の手足となる面々だ。煩悩を払うどころか、除夜の鐘を聞きながら煩悩に向かって突き進む策を練ることになるかもしれない。

それは間もなく証明される。照謙の胸中にある煩悩とは、世にはびこる理不尽な事象である。

近づいた三人は縁先から中をのぞきこみ、

「あれ、箕助の兄イは……」

言ったのは耕作だった。与作もお琴も自分が訊いたように、照謙の顔をのぞきこんだ。

「わけは話す。まず上がれ」

照謙はひとまず三人を居間に上げた。

この三人を縁先に置いたまま、午《ひる》におサキが来て箕助が一緒に出向いたときのようすを話したならどうなる。陽は落ちたばかりで、まだ明るい。勝手知ったおサキの八百屋と山本町である。

『まだ帰《けえ》ってねえんで？』

『きっと何かあったんでやすよ』

『見て来まさあ』

と、三人は山門に向かって駈け出すだろう。

この件は箕助に任せている。危険地帯に入ったのではない。事態をこじらせてはならないと、自分自身もようすを見に行きたいのをいままで堪《こら》えていたのだ。

そこへこの三人が飛び込んだなら、なにがどうなるかわからない。

案の定、部屋で三人は照謙の話を聞くと、予想したとおりのことを口にし、腰を上げようとした。

「ならんぞっ」

照謙は一喝《いっかつ》し、餅を焼き、スルメを炙《あぶ》り、酒の燗《かん》をする用意をさせた。火鉢にわずかな炭火が残っているだけで、用意は簡単なようでも、けっこう手間ひまがかかる。

「さあ。いつ箕助が冷えこんだ体で帰って来るかわからんぞ」

実際、箕助はいつ帰って来るかわからない。三人に準備を急がせたのは、山本町に走らせないためだった。いま大事なのは箕助の第一報であり、事情がわからぬうちに騒ぎを大きくするのは禁物である。まだ帰って来ないことをみると、相応の事態が予想できる。ただ安堵できるのは、山本町で騒ぎがあったとどこからも伝わってこないことである。

照謙が待っているのは、箕助だけではない。もう一人、征史郎である。大番屋の牢内のようすが判れば、救出の方途も見いだせるはずだ。そのために金四郎は征史郎を茅場町に遣《つか》わしたのだ。

「おっ、旦那。箕助の兄イですぜ」

すべての用意が整いひと息ついたところへ、不意に言ったのは耕作だった。所作が機敏なら、耳も早いようだ。

玄関の物音を聞き取っていた。

「あっしが見て来やす」

腰を上げた与作に、

「あ、気をつけて。灯りを」

お琴が手燭《てしょく》に火を入れ、あとを追った。

外はもう暗く、屋内はさらに暗い。

(箕助か、征史郎か)

照謙はどちらにも期待を持った。

三

玄関から聞こえて来る。

「おおう。おめえら、来てたかい。そうじゃねえかと気になってたのよ」

耕作の言ったとおり、箕助の声だ。

照謙はホッとしたものを覚えた。征史郎の遅くなることは予測がつく。箕助はすぐそことはいえ、危険な場に乗り込んだのではない。だが遅すぎる帰りに、内心不安を感じはじめていたのだ。

居間に四人が無礼講に火鉢を囲んで腰を据えた。箕助は冷え切った体でお琴の差しだした湯呑みを一気に干した。お琴は気を利かせたか、呑みやすいように熱燗《かん》よりもぬる燗のほうを注いでいた。

「ふーっ、たまんねえ。生き返《けえ》ったぜ」

箕助は声を上げた。

そこへ照謙がおもむろに問いを入れた。

「で、山本町でなにをしておった。随分とかかったようだが」

箕助が部屋に入るなり、照謙は疲れ切っているのをひと目で察し、ひと息入れて落ち着くのを待っていたのだ。こうしたとき急《せ》かせば正確な報告ができず、大事なところを落としたり、些細《ささい》なことをつい大げさに報告してしまうものだ。これまで照謙こと矢部定謙が大坂西町奉行、江戸南町奉行として、切羽詰まった場面で多くの与力や同心を使ってきたなかから得た、指導法の一つである。

照謙の落ち着いた口調に、箕助は応えた。

「ずっと山本町にいたんじゃありやせん。亀戸村《かめいどむら》まで行っておりやした」

「えっ、亀戸村？　近くではないか」

　思わず照謙は返した。亀戸村とは、昼間照謙が行っていた菊川町からさらに東へ進み、武家地や寺社地が途切れれば百姓地が広がり、そこにいくつか張りついている集落の一つであり、菊川町とおなじく本所の範囲内だ。だから土地の者はそこを本所亀戸村と呼んでいる。照謙が思わず〝近く〟と言ったのは、自分が菊川町にいたとき、箕助がかくも近くに来ていたことへの驚きからである。

　照謙はさらに関心を強め、

「なにゆえか、順を追って申してみよ」

「へい、話しやす。お願《ねげ》えもありやすので……」

　みょうな前置きをし、箕助は話しはじめた。

　おサキが〝死にそう〟と泣きながら言った〝お千〟は、亀戸村に住む従姉妹《いとこ》だった。両親の茂市郎《もいちろう》とお栄《えい》に訊くと、おサキと同《おな》い年《どし》で二人は仲がよく、そう遠くもないことから家同士の行き来は多かった。

　お千の家は亀戸村の百 姓代《ひゃくしょうだい》で、おサキの八百屋で売られている野菜は、お千の実家を中心とした亀戸村の百姓家から仕入れていた。

　数日まえにお千は熱を出し、寝込んでしまったらしい。風邪を引いたのだ。

茂市郎とお栄が憤慨しながら箕助に言うには、亀戸村には村居樹按《むらいじゅあん》という本道（内科）の名医がいた。徒歩《かち》医者で亀戸村だけでなく、近辺からも離れた村々からも患者が来ていたらしい。往診には下男一人をともない、どんなに遠くても法外な薬料をふっかけることはなかった。

「――そりゃあ、あの近くには武家地もあり、そうしたお屋敷からも声がかかっておりましてなあ。樹按先生は武家屋敷のお人らを診《み》れば時間ばかりを取られ、肝心な村々の患家をまわれなくなるから、とお断りになられましてねえ。お武家のお屋敷に出入りしたほうが実入りもよろしかろうに、ほんに樹按先生は神さまのようなお方でした」

お栄がため息まじりに言ったのへ茂市郎が、

「――そう、そうだったわい。以前はなあ」

吐き捨てるように言ったという。

「どういうことだ」

照謙は問いを入れた。

おサキが〝お医者さん、悪い人〟と言ったのは、どうやら亀戸村の村居樹按のことらしい。照謙はこの人物を知らないが、〝神さまのようなお方〟からどう変節したのか、興味を強めた。

箕助は言う。

「お千の両親は、村居樹按のところへ駈け込んだらしいんでさあ。もちろん、お千を抱いて」

「ところが門前払い」

「おっ、旦那。よくご存じで」

「ふふふ」

照謙は含み笑いをして言った。

「気がつかぬか。うわさに聞く外神田の及川竹全とおなじではないか」

「あ、ほんとだ」

「似てます」

思わず横合いから声を入れたのは耕作とお琴だった。

それを裏付けるように箕助の言葉はつづいた。

「門は叩けど押せど開かず、結句《けっく》は村居樹按の代脈だという、見知らぬ若い男が出て来て追い返されたというんでさあ」

「お千ちゃんはどうなったの。おサキちゃんと同《おな》い年《どし》なんでしょ」

と、お琴。

「そうさ」

箕助は返し、つづけた。

「熱のせいでぐったりとし、親に抱かれたまま帰《けえ》るほかありやせんや。それでお千の両親は親戚のおサキ坊の家に、浄心寺の近くにいい医者はいないかと訊いてきたって寸法でさあ」

「うーむ、亀戸の村居樹按か。ますます外神田の及川竹全と似てきたなあ。で、儂はこの近辺の医者は知らぬが、お千とやらは誰かに診《み》てもらえたのか」

ここで照謙がひと肌脱ぐというわけにはいかない。表情に苦渋の刷かれているのが、燭台《しょくだい》の蠟燭《ろうそく》一本の灯りからも見て取れる。跡見英淳なら本所相生町で近いのだが、たとえ英淳がいま難に遭っていなくともつなぎを取ることはできない。照謙はいま、泉下《せんか》の人であり、荘照居成《そうしょういなり》という神にまで祀られているのだ。

「いることはいたんでやすが、結句は診せることができなかった、と」

箕助は言う。

お千は高熱を出して寝込んでおり、医者に来てもらう以外になく、初めての患家は年末の差し迫ったときに往診などしてもらえない。連れて行くにしても、

「いま寒空の下へ出すのは危なくってできねえそうで」

「えっ、そんなにひどいの？」

と、お琴。

箕助はつづけた。

「茂市郎さんやお栄さんが言うにゃ、ここはひとつ地元の樹按先生になんとしても来てもらう以外《いげえ》にねえ、と」

「往診、してもらえたの？」

と、またお琴。

「わからねえ。それがきのうきょうの話だそうで。茂市郎さんは、たぶん無理じゃろ、と。語る横でおサキ坊がなんとか助けてやってと、また泣くのでさあ」

そうした事情でおサキは手習い処に走ったようだ。ところが師匠は不在だった。いたとしても、如何《いかん》とも し難《がた》かったろう。

「なるほど、おサキにしては気が気でないだろう」

照謙は応え、

「で、さっきおまえは亀戸村まで出向いたと言ったが」

「へえ。外神田の及川竹全のうわさもありまさあ。その村居樹按てえ医者は、土地《ところ》じゃ如何《いか》な評判の野郎かと思いやして」

「亀戸村まで行ったか。で、どんなふうだった。大晦日であっても、近所で評判を訊くだけならできたろう」

「ご明察のとおり、亀戸村のお人らは村居樹按のことになると、誰もが立ち止まって異口同音《いくどうおん》に言うんでさあ」

箕助は言う。

半月ばかりまえのことらしい。いきなり村居樹按の療治処に代脈が二人、屈強そうな下男が四人、それに婆さんではないがけっこう歳経《としふ》った女中が一人、入ったらしい。その日を境に樹按は往診にも出かけなくなり、これまで通いで診てもらっていた村人も門前払いにされはじめた。なかには急患で家族に担がれ療治処に駈け込んだ患者も、歳経った女中や新たな代脈に門前で追い返されたらしい。なかには切羽詰まったようすで幾度も門扉《もんぴ》を叩き、

「――お願《ねげ》えだ、先生。診てくだせえ。子が、子が死にそうなんでさあっ」

哀願する村人もいたという。

女中や代脈に代わって屈強な下男が出て来て足蹴《あしげ》にされ、地に転がされ、すごすごと帰らざるを得なかった。お千の親も、そのような一人だったのだろう。容

態は悪化するばかりだ。

それだけではなかった。

村人たちは樹按の療治処から権門駕籠《けんもんかご》が出て来るのを目撃した。供揃《ともぞろ》えは代脈一人に下男と思っていた二人が駕籠を担ぐ陸尺《ろくしゃく》だった。もう一人代脈がいたが、歳経った女中に下男二人と療治処に残っているようだ。駕籠はゆっくりと武家地のほうへ向かった。

歳経った女中が、身なりからそれらを差配しているように見える。

村人らは、村居樹按がいま療治処に入っている者どもに、

（いずれかへ連れ去られたのではないか）

などとうわさした。

権門駕籠が療治処を出て、また戻って来ていた。それはこのあともつづいた。

そこが乗物医者の療治処なら、きわめて自然な光景ではある。

ただ村々の衆は、

「――信じられねえ」

「――いったい、何があったんでしょう」

と、首をかしげるばかりだった。

それが村居樹按であってみれば、広い本所の百姓地の住人にとっては、在所から医者がいなくなったも同然であり、たちまちお千のように命の危険にさらされる子供も出てくるのだった。子供ばかりとは限らない。年寄りでいつも死に直面している者もいる。

療治処がなくなったからではない。療治処の建物はそのままで、村居樹按もそこにいるらしいのだ。

亀戸村の庄屋、百姓代、五人組頭《かしら》など、村方《むらかた》三役が集まって樹按に面会を申し入れた。お千の父親は百姓代で、そのなかの一人である。

療治処では歳経った女中が出て来て、やはり門前払いだった。

「――うちの先生は患家《かんか》への往診で忙しく、手がまわらないのです」

それが理由だった。

「うーむ。いよいよ外神田の及川竹全に似てきたのう」

照謙は返した。

（なにか理由があるはず）

ということは、

（樹按を説諭《せつゆ》して解決できる問題ではない）

照謙には思えてくる。

お琴が問いを入れた。

「その亀戸村のお千ちゃん、どうすることもできないのですか」

視線は照謙に向けられ、

(助けてやってください)

哀願していた。

もちろん、照謙はなんとかしてやりたい。だができない。自身は幽霊なのだ。方途はある。金四郎に話し、いずれかの医者を派遣すればよい。だがあしたは正月であり、世間が動き出すのは数日後だろう。

お琴の視線に応えた。

「なんとかしよう。なれどこの数日、高熱のなかに持ち堪《こた》えられるかどうか、すべては幼いお千の気力と親の看病しだいだ」

突き放したような言い方だが、年末年始のなかとあっては、無責任にこれ以上のことは言えない。

「そりゃあ、そうですけど……」

お琴は不満顔だが、状況は解している。

照謙は話をまえに進めた。

「お千とやらのことはわかったが、最初におまえ、〝お願《ねげ》えもありやすので〟などと言っておったが、なんのことだ」

「おっ、旦那、忘れるところでやしたぜ。喰えねえ奴らは外神田の及川竹全や、亀戸村の村居樹按ばかりじゃねえんで」

「ほう、どういうことだ。それがおめえの〝お願え〟と、なにか係り合いでもあるのか」

と、照謙はそこが聞きたくて、話をまえに進めたのだ。

「へえ、そうなんで。奥州《おうしゅう》街道に長旅をし、帰《けえ》って来たばかりというお人がおりやして、村居樹按の聞き込みのとき、直接その口から聞いたんでさあ」

男はお千の父親とおなじ亀戸村の百姓代で、家同士の付き合いがあり、その関係で直接話を聞くことができたのだ。

百姓代の男は、極月《ごくげつ》（十二月）十三日の煤払《すすはら》い（大掃除）を終えた翌日、粕壁《かすかべ》から半日ほど進んだ村に住む親戚に、欠かせない法事があって出かけたという。

奥州街道の粕壁宿《しゅく》といえば武蔵国《むさしのくに》の範囲内で、日本橋からおよそ一日の旅程で、朝早くに江戸を発った者は、粕壁あたりで旅の第一夜を過ごすことになる。

百姓代は粕壁で一泊し、翌日午前に目的の相手を訪ね、その日の夕刻には粕壁まで戻り、おなじ旅籠《はたご》で一泊し翌朝早く江戸に向け発《た》つ予定だった。奥州街道を粕壁の先まで行って亀戸に戻るまで、二泊三日の予定だった。路銀もそれだけしか持っていない。

ところが粕壁に入ったその夜から熱を出し、明け方には激しい悪寒《おかん》に見舞われ、足腰が立たなくなった。旅籠の者はあるじから女将《おかみ》、番頭、女中にいたるまですべてが親切で、かいがいしく看病してくれた。

百姓代は医者を頼み、粕壁の先の親戚に遣《つか》いを出し、路銀と薬料を持って来てくれるよう頼んだ。親戚ではすぐに金子《きんす》を用意し、若い者が駈けつけた。

だが医者は来ない。

あるじも女将も番頭もすっかり恐縮し、

「――いま手分けして医者を探《さが》しておりますで」

と、わけのわからないことを言う。

粕壁の近在近郷では、

「――住人はむろん、旅の人でも重篤《じゅうとく》に寝込む者があれば、仕合わせ者じゃ。粕壁にゃ秋駿《しゅうしゅん》先生がいなさるで」

などと言われていた。

崎谷《さきや》秋駿といった。粕壁宿に療治処を構える本道（内科）の町医者で、医者が少ないという場所柄、金瘡《きんそう》（外科）も診れば骨接ぎまで頼まれ、その一つひとつに名医の誉《ほま》れが高かった。旅人で熱を出したりケガをしたりする者がおれば、すぐさま寝込んでいる旅籠に駈けつけた。それでいて法外な薬料を請求することもなく、お遍路《へんろ》さんであればタダで診ていた。

「――街道筋であのあたりを通るとき、気分的にも安心できるわい」

と、粕壁あたりを行き来する、飛脚《ひきゃく》や荷運び人足や駕籠《かご》舁きたちは言っていた。それがまた粕壁の住人や旅籠の自慢であった。

それを亀戸村の百姓代は知っている。旅籠の番頭が言った〝手分けして〟を、秋駿がいずれか遠方へ往診に出かけたのを、旅籠の奉公人が找《さが》しに走ったものと解釈した。

ところが夕刻になっても秋駿は来ない。百姓代の熱は上がる一方で、出るのは荒い吐息ばかりとなり、意識も薄れてきた。路銀と薬料を持って駈けつけた親戚の若い者はいら立ち、

「――秋駿先生はまだでございましょうか。なんならわしも找しに出やしょう

か」

　問い詰める口調になった。

　番頭は応えた。

「――秋駿先生は数日まえから、行方《ゆくかた》知れずになりましてなあ、ご家族ともどもですじゃ。ご内儀さまに五歳になる男の子がお一人、ゆくゆくは跡を継いでくれそうな利口なご子息でなあ」

　若い者はにわかには解しかね、

「――まさか、人さらい？」

「――そうかも知れんのですじゃ。神隠し……と言う人もいましてなあ」

　番頭は人さらいも神隠しも信じているような、真剣な表情で言い、

「――療治処には下働きの老夫婦が住み込んでおりますのじゃが、その二人も歳のせいか、いつのまに……朝起きたらお師匠もご新造《しんぞ》さまも若ぼんも、姿がなく……とうろたえ、狐につままれたような顔で言いますのじゃ。いまもお三方《さんかた》の帰りを療治処で待っておりましてなあ」

　もちろん役人にも相談したが、争ったあともなければ盗《と》られた物もなく、取り合ってくれなかったらしい。

さいわい病《やまい》やケガで客死《かくし》した旅人はいないが、近在で風邪をこじらせ医者に診てもらえないまま苦しく息を引き取った年寄りが一人、幼児が一人いるという。いまも近郷近在で秋駿一家の帰りを待っている老若男女は数知れないという。

「うーむ。名医じゃったという点と、不意に諸人《もろびと》を診なくなったというのは似ているが、行方知れずとは、外神田の竹全や亀戸村の樹按と、ちと事情が異なるようじゃのう」

「そうでやしょうが、困っている患者を放《ほ》ったらかしってとこなんざ、みな根はおんなじですぜ。許せやせんぜ」

箕助は憤慨《ふんがい》しながら言う。

「で、亀戸村の百姓代はどうなった。おまえの話じゃ、まだ粕壁の旅籠で臥《ふ》せっているこことになるが」

「へえ、そうなんでさあ。そのお百姓代は、医者に診てもらえないまま、三日三晩あの世とこの世をさまよい、親戚の若い者の知らせで心得のある女衆も駈けつけ、旅籠のお人らの懸命の看護もあって、四日目にようやくお粥《かゆ》が喉を通るようになったとか。それからまた三日、なんとか床払《とこばら》いができ、親戚の若い者が付き添い、粕壁から江戸までは朝出りゃあ夕刻にゃ着くという道程《みちのり》でやすが、丸二日かけて亀戸にたどり着いたそうで」

「ほう」

「そこで聞いたのが、在所の村居樹按先生がどういうわけか、きらびやかな権門駕籠なんぞに乗り、村人を診てくれなくなったそうで。おかげで死の淵《ふち》をさまよっているのが、おんなじ百姓代仲間の娘のお千坊だったってわけでさあ。医者が診てくれねえんじゃしょうがねえ。お千坊を励《はげ》まし、まわりで精一杯看病するしかありやせんや。その思いがよお、熱を出してうんうんうなっているお千坊に伝わりゃあいいんでやすがねえ。おサキもそれを願って泣いているんでさあ」

「伝わりますよ」

言ったのは、黙って聞いていたお琴だった。

照謙も言った。

「それを願うぞ。きっと伝わるようにとな」

「へへん。伝わらなくっちゃ、この世にゃ神も仏もねえってことになりまさあ。そこで旦那、あしたにでもあっしゃあ粕壁に行き、その崎谷秋駿なる医者の評判がどんなものか、なんで雲隠れしちまったのかを確かめてえんでさあ。よござんしょうかい」

「よし、行け」

照謙は言った。

四

スルメや餅を焼く香ばしい匂いが、部屋にただよいはじめた。火鉢の新たな炭火がじゅうぶんに燃え、お琴と耕作と与作が五徳《ごとく》に網を載せ、焼き始めたのだ。熱燗はすでにできている。

箕助は最初にぬる燗を一杯引っかけただけで、あとは話に意をそそぎ、なにも喉に通していなかった。照謙の〝行け〟の言葉に、

「へへん、そう来なくっちゃ」

さらにぬる燗になった湯呑みをぐいと干し、

「外神田の及川竹全といい亀戸の村居樹按といい、それに粕壁の崎谷秋駿てのも含め、なんかおかしいですぜ。どうも納得がいきやせんや。粕壁に行って直接うわさを集めりゃあ、なにか手掛かりが得られるんじゃねえかと思いやしてね」

「兄イ、あしたですかい。あっしらもついて行ってよござんすかい」

口を入れたのは角顔の耕作で、丸顔の与作もうなずきを入れた。

お琴も言った。

「三人ともなんですか。あしたはお正月ですよ。元日に町のうわさを拾うなんて、どんなに歩いてもできませんよ」

「ふむ、そこを忘れておった。二日になりゃあ町は動き出し、三日になるとほとんど普段と変わりはなくなる。今宵はここで除夜の鐘を聞き、あしたは一日ごろごろしていけ。除夜の鐘のあと、浄心寺にも初参りの檀家はいるそうな。山門前には一台か二台ぐらいらしいが、屋台のそば屋や甘酒屋、汁粉《しるこ》屋も出るというぞ。元旦の腹ごしらえを、そこですませるのも乙《おつ》なもんだぞ」

「わあっ、おいしそう」

と、お琴。

照謙はつづけた。

「つまりだ、二日の朝に発て。聞き込みは翌日に入れ、もうひと晩粕壁に泊まってこい。聞き込みは丸一日はかかろう。その翌朝に粕壁を発って帰って来い」

「ほっ、二泊三日でやすね。ありがてえ。三人がかりで宿場ばかりか近在にまで聞き込みが入れられらあ。帰《けえ》りは四日の夕刻となりやすせ」

「お千の容態が気になるが、ともかくどんなようすか見て来てくれ」

「そんならあたし、あしたの一日は無理でも、二日にはおサキちゃんと一緒に亀戸村へお千ちゃんの見舞いに行って、容態と村居樹按さんとやらのようすを見てきましょうか」

「ほう。みんな、そうしてくれるか」

照謙は四人の若者たち一人ひとりに視線を向けた。お琴も箕助も耕作も与作も、ついこのまえまでは外に出れば定まったねぐらを持たず、世間からは存在していること自体が悪と見なされ、御用提灯と六尺棒に追い立てられる日々を送っていたのだ。

それがいまはどうだろう。悪徳に対しては敵意を見せ、しかもただ声を荒らげるのではなく、相手の背景を調べようと積極的に動こうとしている。

(その正義感こそ、世を救う力となろうぞ)

照謙は四人を褒《ほ》め、激励したい気分になった。

同時に、おのれがかつては役人で重き任にあったものの、世を救えなかった。そのことに対しては、忸怩《じくじ》たるものを感じざるを得ない。

「除夜の鐘までまだ間がありそうだ。悪酔いしねえように、腹ごしらえしておきやしょう。あちちち」

箕助がひと仕事を終えた満足感からか、満ち足りた表情で焼けたばかりの餅をつかみ、思わず声を上げ金網の上に落とした。

笑い声の起こるなかにお琴も、

「あらら、あちちち」

声に出し、熱燗の徳利の首をつまみ持ち、

「お師匠《しょ》さま、いかがなさいました。なにかご心配がおありですか。あたしたちが亀戸と粕壁のようすを慥《しか》と見てきますよう。さあ」

と、両手で照謙の湯呑みにかたむけた。

お琴は照謙の表情の変化をよく見ている。元日はのんびりと過ごし、二日からのそれぞれの行動を決めたが、決まっていないのは照謙だけだった。

その表情に落ち着きはなかった。話がまとまると同時に、

（英淳先生はいかに）

脳裡はそこに移っていたのだ。

大番屋の牢内の環境はわかっている。いま自分たちは炭火の燃える火鉢を囲

み、酒の燗をし、スルメをあぶり、餅を焼いている。牢獄に暖を取る炭火などあろうはずがない。ただ寒い。夏は蒸す。

今宵のうちに谷川征史郎が大番屋に探りを入れ、英淳にいかなる罪状が着せられているかを調べ、知らせに来るだろう。

（それをこの四人の前で話していいものか）

箕助ら四人とも、照謙の前身はむろん、征史郎が北町奉行所の臨時廻り同心であることなど、まったく知らないのだ。当然ながら、征史郎のいう〝本所のおやじどの〟が北町奉行の遠山金四郎であることなど、思考の範囲を超えている。それらがいま照謙の脳裡に渦巻《うずま》いているのだ。

「お師匠さま、どうなされた。熱燗がぬる燗になってしまいます」

「あ、いや。なんでもない。なんでもないのだ」

お琴が照謙の顔をのぞきこみ、それに応えたときだった。

玄関に物音がした。

「おっ、誰だろう、大晦日のこんな時分に」

箕助が腰を上げ、

「寺男の平十さんかな」

「あの父《とっ》つぁん、きょうは夜中も忙しいはずだぜ」

と、耕作と与作がつづいた。

寺は慌ただしく動いていても、本堂や庫裡から墓場と灌木群で隔てられた手習い処までは伝わってこない。ということは、夜はむろん、たとえ昼間であっても手習いのない日は閑散とし、そこでなにが起きてもおもてには伝わりにくいということでもある。それゆえにきょうは感じられないが、ときおり手習い処を窺《うかが》っている二つの影が、照謙にも箕助にも気になる。それは耕作と与作にも伝わっている。だから玄関の気配に、三人がそろって座を立ったのだ。

照謙も、

(誰だろう)

と、刀の所在を確かめ、玄関のほうに神経をそそいだ。

聞こえてきた。

征史郎だ。安堵したような、居間にまで聞こえる声だった。照謙に早く知らせたかったのだろう。

「これは征史郎さん、どうしなすった。こんな夜更けに」

やはり来た。待っていた相手だが、

（どう仕切る）

征史郎は職人姿のはずだ。

緊張感は一気に吹き飛び、照謙を除き、手習い処は和気あいあいとした雰囲気に包まれた。

部屋にいざない、熱燗の香に餅やスルメを焼く匂いのただようなかに、

「いまね、うちのお師匠を囲んで、除夜の鐘を聞こうって集まりをやっていたんでさあ」

「よかったら征史郎さんも、どうぞご一緒に」

箕助が言えばお琴が座れと畳を手で示す。

「これはまたとねえいいところに来た。ご相伴《しょうばん》に与《あずか》らせてもらいやしょうかい」

職人姿で言いながら座に着いた征史郎は、いま照謙こと矢部定謙がなにに戸惑《とまど》っているかを解した。

照謙の顔にはまだ、

（どうすべきか）

その思いが刷かれていたのだ。

征史郎はお琴がつけた熱燗で口を湿らせ、

「本所のおやじどのが言っていやしたよ。手は選ぶな、あとは任せよ……と」

「うむ」

照謙はこの短い言葉の意味を解し、うなずいた。征史郎はいったん本所の屋敷に戻り、金四郎のなんらかの下知《げじ》を得て浄心寺に来たようだ。

（照謙どのよ、牢破りでも何でもよい。英淳先生を救われよ。あとの始末は任せよ）

金四郎は言っているのだ。

征史郎はさらにつづけて言った。

「へへ、お師匠。あっしはきょう、師匠と二人で飲み明かすつもりで来たのですが、思いのほか箕助さんに耕作どんに与作どん、それにお琴さんまでそろっていなさる。わしゃあ決めやしたぜ。日延べはせず、やるのは今宵、除夜の鐘を聞きながら……と」

「なにをですかい」

箕助が問い、耕作も与作もお琴も、征史郎に視線を集中した。

「それは、わしが答えよう」

照謙が言った。〝今宵〟の策に箕助をはじめ耕作も与作も、それにお琴も動員することに意を決したのだ。征史郎が四人のそろっているのを見て〝わしゃあ決めやしたぜ〟と言ったのへ、照謙が追認するかたちを示したのだ。

征史郎が無言でうなずいた。

これで今宵やるべきことが決まった。

そのためには、箕助たちも本所相生町の跡見英淳が鳥居耀蔵の配下の者に嵌《は》められた経緯《いきさつ》を話しておかねばならない。そこに征史郎はうなずきを入れたのだ。

「征史郎どんの知っている医者で、出入りしている武家の旦那もその医者によくかかっていてなあ」

「本所の跡見英淳先生というて、俺も世話になっている。土地《ところ》じゃ名医と言われていてなあ」

照謙が前置きしたのへ、征史郎は肯是《こうぜ》の言葉をつないだ。照謙の前身に箕助らが疑念を抱《いだ》かぬようにとの配慮である。

灌木群の隅に鎮座《ちんざ》する荘照居成の祭神が、境内の墓場にある矢部家代々の墓の下に眠っている矢部定謙であり、その定謙が矢内照謙となって浄心寺境内に建てられた手習い処の師匠となり、いま自分たちと親しく話している人物であることなど、絶対に知られてはならないのである。

照謙が箕助たちにも前身を伏せているのは、お上への反感を懸念してのことではない。それがおもてになれば、桑名藩十一万石が存亡の危機に立たされ、庄内藩十四万石は、幕府から叱責を受けるだけでは済まされない。いかなる処断が下されるか、想像もつかなくなる。桑名藩は蘇生した矢部定謙を〝死去〟と大目付に報告し、幕府を謀《たばか》ったことが明るみに出るのだ。庄内藩は罪を得て流刑地で〝死去〟した〝罪人〟の矢部定謙を、神として祀ったことになる。まさしく幕府へのあてつけではないか。荘照居成の存在が露顕《ばれ》れば、桑名藩も庄内藩も無事ではいられまい。

それだけは、断じて避けねばならない。それがまた、矢部定謙こと矢内照謙が、現世《げんぜ》に生身《なまみ》の幽霊として生きるための条件でもあった。

「その英淳先生の娘御が、質素な木綿《もめん》の衣装だったにもかかわらず、奢侈停止《しゃしちょうじ》のご法度に触れるとの科《とが》で自身番に引き挙げられ……」

と、駈けつけた父親の跡見英淳がその場で有無を言わせず捕縛され、ただちに茅場町の大番屋に引かれ、身柄を拘束された話をすると、

「あ、わかった。そのお役人、英淳先生とかを捕えるのが目的で、木綿の地味な

着物の娘さんを〝奢侈〟だなんて、言いがかりですよ」
お琴は憤慨を乗せた口調で言った。
すかさず箕助が内容をさき読みし、
「そりゃあ奉行所の悪徳役人がてめえの手柄を増やそうと、英淳先生とやらにな
にかの濡れ衣を着せようとしてるんですぜ。奉行所の役人なんて者《の》は、そんな
性質《たち》の悪い連中ばかりでさあ」
「そうよ、そうよ」
お琴が相槌《あいづち》を打った。
照謙と征史郎は、苦笑いをしながら顔を見合わせた。
箕助は征史郎に視線を据えなおし、
「そやつの名前は分かっているんですかい」
「ああ、英淳先生を大番屋に引き挙げたのは、飯岡左馬造《いいおかさまぞう》というてなあ、現在は
南町奉行所の内与力をしている役人らしい」
「その左馬ってえ野郎さ、英淳先生とやらにどんな濡れ衣を着せようとしてやが
るんでえ」
「俺もそれを知りとうてなあ、英淳先生のご家族のお人らに頼まれ、ちょいと日

本橋向こうの茅場町まで行って来たのさ」

「ふむ。それでなにが判ったかな」

と、これには照謙が上体を前にかたむけた。征史郎の話からすでに金四郎にはそれが話され、かつ如何《いか》なる手段を用いても救出せよ、との下知を受けていることがわかる。さらにその方途は征史郎に任され、あと始末は金四郎がつけるとまで話は進んでいる。

そればかりか、照謙の周辺にとってはこれが一番肝心なのだが、征史郎は箕助たち四人が手習い処にそろっているのを見て、〝わしゃあ決めやしたぜ〟と言い、しかも〝やるのは今宵〟と明言した。その後の話はすべてそれを前提に話されているのだ。

すなわち、大番屋から英淳を救い出すのに、

――箕助どんら四人の手を借りたい

いつ決行するか。

――きょう、これから

である。

実行するなら、年忘れに手習い処で一杯やりながら、除夜の鐘を聞くどころで

はなくなる。

ただし、その計画はまだ照謙と征史郎の胸の内に了解されているだけで、箕助たちがどう判断するかはこれからの話の進め方しだいなのだ。

「判りやしたが……」

「えっ、どんな具合で」

照謙の問いに征史郎がいくらか歯切れ悪く応えたのへ、こんどは箕助が身を乗り出し、耕作と与作も、お琴もそれにつづいた。

征史郎はそれらの視線を受け、話をつづけた。

「それが、濡れ衣ばかりとは言い切れねえようで」

「なんと！」

声を上げたのは照謙だった。思いも寄らない返答だったのだ。

箕助たちは若い者四人は、まだ全体の流れをつかみかねている。

「だからどんな？」

箕助が焦《じ》れったそうに問い返す。

大晦日の手習い処の居間はいま、征史郎の口があらためて動くのを待っている。

五

一同が焦れるなかに、征史郎はぬる燗になった湯呑みを口に運び、ふたたび語りはじめた。

「最近、江戸府内や近在の寺の墓が荒らされ、埋葬されたばかりの死体が持ち去られるという奇怪《きっかい》な事件が起きていやすが……」

座はにわかに緊張の色が増した。永代寺でその事件が起きたばかりであり、第一報を手習い処に知らせたのが、耕作と与作なのだ。そればかりか箕助の奔走で、照謙と門仲の市兵衛と布袋の鋭吾郎が浄心寺門前の小料理屋で鳩首《きゅうしゅ》し、事件の解明に乗り出すことを話し合ったのだ。

一同は固唾《かたず》を呑み、征史郎のつぎの言葉を待った。

雰囲気がにわかに変化したのへ征史郎は気づき、話をつづけた。

「つまり死体盗人でやすが、それをやっているのが跡見英淳で、すべてとは言えないまでも、先日あった永代寺の件は間違《まちげ》えねえ、確かな差口《さしぐち》（密告）もあったとかで、あとはもう口書《くちがき》（自白書）に署名し爪印《つめいん》を捺《お》させるだけで、正月明けにも小伝馬町《こでんまちょう》送りになるそうで」

「小伝馬町って、あの牢屋敷ですか。あとはお白洲《しらす》でのご裁許《さいきょ》を待つだけの……」

心配そうに言ったのはお琴だった。娘義太夫というだけで多くの同業がその目に遭い、過酷な牢屋暮らしの憂《う》き目に遭っているのだ。

箕助が首をかしげ、問いを入れた。

「それにしても征史郎さん、まえまえから思うていたが、あんた不思議なお人じゃのう。まるでお役人みてえに、大番屋に引き挙げられた人のことを、そこまで詳しく探って来られるたあ」

「はははは」

と、これには照謙が応えた。

「箕助よ、まえにも言うたろう。この御仁はのう、武家奉公の時期もあって、町場だけじゃのうて、武家屋敷にも知り人が多くいてのう、そこを通じれば、茅場町の大番屋でも、ときには小伝馬町の牢屋敷のようすまで聞き出せるのよ」

「なんとも器用な、得体の知れねえお方だ」

箕助は畏敬の念を込めた目で、征史郎を見つめた。耕作も与作もお琴も、それはおなじだった。

照謙はすでに、谷川征史郎がいまの職人姿で大番屋へ聞き込みをかけたり、探りを入れたりしたのではないことは判っている。町人姿で大番屋の中に探りを入れるなど、忍者でない限り、まず不可能に近い。


きょうの夕刻近く、まだ陽のある時分だった。大番屋の門を叩いたとき、征史郎は小銀杏《こいちょう》の髷《まげ》で、着ながしに黒羽織を着け、大小は落とし差しにした同心の姿だった。しかも北町奉行所の捕方二人を伴っていた。手甲脚絆《てっこうきゃはん》に鉢巻で小脇に六尺棒を抱え、弓張の御用提灯まで手にしている。どこからどう見ても、同心の市中見廻りである。

征史郎は本所菊川町の遠山邸を出たあと、一度呉服橋《ごふくばし》の北町奉行所に戻り、奉行所で調べられることは調べ、ある程度の前知識を仕込んでから捕方を動員するなどの用意をし、茅場町に出向いたのだ。跡見英淳の捕縛は南町奉行所の仕事であったから、詳細については直接大番屋に探りを入れる以外にない。

大番屋には数名の番士が常駐し、それらがまた数名の牢番を差配している。引いて来た疑わしき者の吟味は、奉行所から与力や同心が出張《でば》って来ておこない、番士はその科人《とがにん》の身柄を預かり、逃亡せぬよう昼夜を分かたず見張っているのが役務である。だが、吟味の場に立ち会うこともあれば、与力や同心から話を聞くこともあり、大番屋に留め置く疑わしき者についてはかなり詳しく知っている。

それを番士から聞き出すには、気をつけねばならないことがある。番士たちに、北町の臨時廻りが、南町の仕事を探りに来たと思われてはならない。それが南町に伝わったなら、北町奉行の遠山金四郎と南町奉行の鳥居耀蔵との、新たな確執《かくしつ》の種に発展しかねない。ただでさえ天保の改革の方途をめぐって、北と南は対立をつづけているのだ。

征史郎は十分な用意をして、茅場町の大番屋に向かった。

そのときのようすは箕助たちには想像もつかないが、照謙には手に取るように脳裡に浮かんでくる。

「――いやあ、近くまで来たもんでのう、ちょいと寄ってみただけだ。大晦日というのに、おぬしら新たな科人をまた預かり、大変じゃのう」

と、出迎えた番士らに親しく声をかける。

番士たちは、谷川征史郎が北町奉行所の臨時廻り同心で、北町奉行の遠山金四郎の側近であることを知っている。どんな役人にも、大番屋の番士も含め、こうした図式を知っておくことはきわめて大事なのだ。だが番士たちには、北町も南町もない。北町や南町の与力や同心が引いて来た科人を、釈放か牢屋敷送りが決まるまで預かるだけである。

同心姿で捕方二人を連れた征史郎は、詰所《つめしょ》の客となり、番士たちにきわめて気さくなようすで言った。大晦日と元日の番士は三人だった。もちろん、ほかに牢番が幾人か出ている。

「――大番屋の役務は、年末も正月もないのだろうなあ。まったく頭が下がるぜ」

「――いえ、今宵はちょいと牢番たちも入れ、年忘れに軽く一杯引っかけるのが習《なら》わしでしてね。あとは元旦の日の出まで、のんびりしておりますよ」

「――年に一度くらいは……」

「――おっと谷川さま、このことは北町のお奉行さまにはご内聞《ないぶん》に」

「――あははは、俺もこんな時分に大番屋へ油を売りに来たなんて、お奉行に知られたくないからなあ。ここで軽く一杯やるのなら、あとで俺が近くの酒屋から一升徳利を届けようじゃないか。俺からの口止め料と思うてくれ」

笑いながら言う北町の同心に番士たちは、一様に気分がほぐれた表情になり、

「──さすがは北町の遠山さまご配下のお方だ。話のわかるお奉行なら、その臨時廻りの人も気さくなお方だ」

「──そう、これが南町のお人なら、ちょいとまずいがなあ……」

鳥居耀蔵のいびつな融通《ゆうずう》のなさは、大番屋にも聞こえているようだ。

征史郎は番士のその言葉を待っていた。

そして言った。

「──南町といえば、きのうかおとといか、与力と定町廻りの同心が大層な手柄を立てたというではないか。その前日には内与力が怪しげな医者を一人、大番屋《ここ》へ引いて来たろう。たてつづけの手柄はさすが南町と、北町でも評判になっているぞ。もっとも貴殿らにすりゃあ、この年の瀬に新たな預かりものが増え、大変だろうと思うがな」

「──いえ、増えたのは三人だけですよ」

「──えっ、三人？　牢番はもとより賄《まかな》い方《がた》まで困惑するほどの人数だったと聞いているが」

「──そりゃあ谷川さま、大げさに伝わっているだけですよ。数日まえに跡見なんとかという医者が縄付きで引かれて来て……」

「――そうだった。あの医者、まだ牢内だが、とても悪党には見えないが」

「――その次の日だったなあ。いかにも悪そうな町人が二人、南町の与力と同心が捕方に縄を打たせ、引いて来なさった」

「――あれは奇妙な吟味だったなあ」

と、気になっていたのか、征史郎を前に置いて、番士同士のやりとりになった。征史郎はそれらに一つひとつ相槌《あいづち》を打ちながら、聞き役にまわった。理想的な展開だ。

「――ほう、どんなに。俺は立ち会っていなかったが」

問いは番士の一人である。

「――吟味というもんじゃなかったぜ。まるで科人と取引きしているみたいだったなあ。俺はすぐ外に出されたから、内容までは聞いちゃいねえが」

「――いや、与太みてえな町人二人を引いて来た、与力と同心の旦那方よ、いろいろと教えてくれたぜ」

「――ああ、それなら俺も聞いた。吟味を差配しなさった南町の内与力はなにも教えてくれねえ。だが与太二人を引いて来なさった旦那方は、大番屋によく来るお人だからなあ。俺たちとはお互い親しみもあるからよ」

「ほう。それは、それは」

番士三人が語り合っているのへ征史郎が一つひとつ相槌を入れているから、当人もそこに加わっているかたちになり、話はさらに進む。もちろん、この二件をひとまとめに差配している南町の内与力が飯岡左馬造という名で、与太二人を意気揚々と引き挙げてきた与力が大《おお》なんとかで、定町廻りの同心が小《こ》なんとかという名であることも話のなかから聞き出した。

名が大だの小だのと番士たちの口はあいまいだったが、征史郎はわざと問い返さなかった。そのような北町臨時廻り同心の谷川征史郎の姿勢が、番士らになんの警戒心も持たせず、話をますます進めた。聞き出すという征史郎の話術も、相当なものである。

南町の与力と同心の名も大と小だけで、大野矢一郎《おおのやいちろう》と小林市十郎《こばやしいちじゅうろう》であることは、聞いた瞬間から征史郎には分かっていた。

番士たちの話はさらに肝心な部分に入った。南町からすぐさま飯岡左馬造が駆けつけ与太二人の尋問を進め、そこに最初だけ立ち会った番士は言った。

「――なんとも驚いたぜ。その二人よ、永代寺の墓場から埋葬されたばかりのホトケを盗み出した罰当《ばちあ》たりだったのよ。それにしては内与力の飯岡左馬造さまの取り調べは、ずいぶんと穏やかで、まるで諭《さと》すようようだったぜ」

「――ほう」

と、征史郎。それが取引きしているように見えたのだろう。

番士はつづける。

「――だがよ、罰当たりどもに縄をかけた同心の旦那がおっしゃるには、捕物は派手で、罰当たりどもは三人だったが、刃物で抗《あらが》ってきたのでその場で斬ったらしいのよ」

「――ほう、それはまた派手な」

征史郎は言ったのみで、詳しいようすも場所も聞かなかった。そのようなことはあとで調べれば分かる。

代わりに問いを入れた。

「――牢内ではそいつら、おとなしいのかい」

「――それがみょうで、さっきも言ったろう。飯岡さまはまるで二人を諭すように自白をうながしてよ。すると、なんとさきに捕えていた医者に頼まれて永代寺からホトケを盗み出したって、口を割ったのよ」

「――えっ、あの医者、そんなふうには見えねえがなあ」

「――そこはそれ、よく言うじゃねえか。人は見かけに寄らねえってよ」

また番士同士のやりとりになった。

征史郎はいたわりの言葉を入れた。

「――ともかく大番屋も、この年末の差し迫ったなかに、預かっている科人が三人増えただけでも、おぬしらや牢番たちには煩《わずら》わしいことだろうなあ。ほんとうにご苦労なことだ」

「――いえ、これがわたしらの役務ですから」

番士たちは言い、いま留め置いている〝科人〟は新たな三人を含め、五人しかいないことを話し、医者については、

「――元日は無理でも、二日か三日には口書を取り、四日には与太二人とともに小伝馬町送りになるとか。それでわたしらにとっては、この一件は落着ということになりますよ」

と、跡見英淳は一人で収監され、二人は別の牢で一緒に入れられているらしく、その細かい場所まで語ってくれた。このあと届けられた一升徳利二本が、その駄賃になったようだ。

それを征史郎は手習い処の居間に腰を据えるなり、最初に言ったのだった。

照謙は火鉢の金網で大きくふくらんだ餅を、

「あちち」

手に取り、

「つまり向こうは、濡れ衣まででっち上げようとしているのだな。なかなか用意周到ではないか」

「そのとおりで」

征史郎が応えたのへお琴が、

「向こうって?」

「そう。俺も聞きてえ」

「永代寺の死体盗人たちの素性も」

耕作と与作が、すかさずつなぐように言った。二人が永代寺の死体盗人と聞いて関心を示さぬはずはない。もちろんそれは、箕助もお琴もおなじである。

「大番屋での吟味を差配したのは、南町奉行の鳥居家のご用人さんで、いまは内与力に就いている飯岡左馬造という男でなあ……」

「えっ。こりゃあきっと、なにか裏がありやすぜ」

口に運びかけた湯呑みを盆に戻して言ったのは箕助だった。お琴も耕作も与作も大きなうなずきを見せた。

征史郎は言う。

「その死体盗人なあ、夜鴉《よがらす》の与七《よしち》と白河《しらかわ》の四之平《しのへい》といったなあ」

「えぇえ！」

声を上げたのはお琴だった。箕助、耕作、与作も目を瞠《みは》った。

与七と四之平は、かつて門前仲町に巣喰《すく》っていた与太だった。それが不始末から門仲の市兵衛に誅殺《ちゆうさつ》されかけ、いずれかへ逃げて消息を絶った。追いかけ探し出すほどのタマでもなかったから、門仲の市兵衛はそのまま打っちゃっていた。

その二人が永代寺の墓場を荒らしたのなら、納得がいく。二人ともそこの地形は熟知し、門前町のようすにも明るいのだ。どこから入ってどの道順で逃げるか、最善の策が組めたはずだ。

同心の小林市十郎に斬殺された一人は、話のなかに名は出て来なかった。死ねば書類に書きとめる必要もなく、番士たちは話題にもしなかった。いずれにせよ、門前仲町を逃げ出した与太どもで、それらがまたつるんでよからぬことに手を染め、その一つが墓場荒らしだったのだろう。

捕縛された二人の名を、以前の探索で征史郎は覚えていたし、箕助たちも当然知っていた。だから征史郎は、与太二人の名をこの場に出したのだ。

箕助が思ったとおりの反応を見せた。

「その遁走《とんずら》こきやがった野郎どもが、またこの深川でちょろちょろしてやがったかい。許せねえ」

湯呑みに残っていたぬる燗を一気にあおり、

「あっ、するってえと、お師匠や征史郎さんの言ってなさる、なんとかというお医者が死体を盗ませたなんざ、濡れ衣どころか、なにかの罠《わな》ですぜ。お師匠っ、放っとくんですかい」

「さすがは箕助だ。頼もしいぞ」

「へ、へえ」

照謙に言われ、箕助はいくらかはにかんだ表情になった。

照謙は箕助に視線を据えたまま、

「誰が放っておくと言った。征史郎どんがこんな日にわざわざ手習い処《こ》へ来《こ》たというのは、おまえたちに合力《ごうりき》を求めてのことだ。すると好都合なことに、おまえたち四人がそろっていた。それで、やるなら今宵と意を決した。そういうことだなあ」

視線を向けられた征史郎はうなずきを見せた。

お琴が緊張を刷《は》いた表情で、

「やるなら今宵って、なにをですか。まさか大番屋の牢を破って、そのお医者さまを救い出そうって……？」

無理もない。小伝馬町の牢屋敷はもちろん、茅場町の大番屋でも外から牢を破り、留め置かれている者を救い出すなど、考えも及ばないことなのだ。

だが、征史郎は言った。

「できる」

照謙も肯是《こうぜ》のうなずきを見せ、

「何者かがその医者に濡れ衣を着せるため、口書をでっち上げるまえに救い出さねばならぬ。ならば今宵か、あしたの元日の夜しかない。そういうことだなあ、征史郎どん」

「さようで」

部屋には新たな緊張が漲《みなぎ》った。

六

征史郎の話の進め方は見事だった。

南町の大野矢一郎と小林市十郎の名を出したのは、照謙のためだった。照謙がよく知っているこの二人が係り合っていたとなれば、その状況は自分以上に詳しく想像できるはずだ。背景が想像できれば、それだけ落ち着いて大胆な策も進められるはずだ。この与力の矢一郎と同心の市十郎は役務に忠実で、奉行が妖怪であろうと何であろうと、そこに忠義を尽くすのが役人の本分と心得ているのだ。それだけに……、憎《にく》めない。

このとき照謙と征史郎の脳裡に、おなじ思いというか疑念がながれていた。外神田の及川竹全なる医者のことである。

そこで照謙は言った。

「箕助、お琴、征史郎どんに話しておけ。あさっての予定だ。今宵の件と目に見えぬ奥深いところで、一つにつながっているかも知れぬぞ」

「え、あさって？　あ、正月二日のことでしたかい」

箕助は思い出したように返し、二日に耕作と与作を連れて奥州街道の粕壁に出向き、崎谷秋駿という医者のようすを調べることを話し、

「あたしもおなじように……」

と、お琴もおサキを連れて亀戸村へ、お千の見舞いと村居樹按のようすを見に行くことを語った。

征史郎には初めて聞く内容だったが、それが参考になったように言った。

「ふーむ。なるほど手《こ》習い処《こ》の旦那のおっしゃるとおり、その二つの話、跡見英淳先生の遭難と一つのものかもしれねえなあ。多分そうだろう。ますます今宵の策はやり遂げねばならなくなったようだ。旦那は総差配として、此処《ここ》に陣取っていてくだせえ。現場はあっしらに任せてもらいやしょう。実はもう用意はできておりやすので」

「えっ、お師匠《しょ》さんはご一緒じゃないんですか」

お琴が驚いたように言ったのへ、征史郎は応えた。

「なあに、今宵の策にゃ刀で斬り合うような、派手な場面はねえのさ。どちらかといやあ、人知れず盗賊の押込みといったところだ」

「ほうほう、そんな策でしたかい」

と、箕助は納得したように言い、お琴、耕作、与作も得心の表情になった。もちろん照謙も、

(征史郎のことだ。盗賊のように忍び込む策を考えているのだろう)

と、頼もしいものを見る表情になった。

これから征史郎の差配で、箕助、耕作、与作それにお琴の若い者四人が、茅場町の大番屋へ牢破りに出向く……。すでに既成の事実となったようだ。

箕助が言った。

「お師匠、それに征史郎さん。さっきから思うてたんでやすが、娘さんの〝奢侈〟をでっち上げられ大番屋へ引かれなすったお医者、跡見……えーっと」

「跡見英淳先生、本所相生町の名医だ」

と、征史郎。

箕助はつづけた。

「そう、その英淳先生。外神田の及川竹全、亀戸村の村居樹按、それに粕壁宿の崎谷秋駿とようすが違うようですぜ。それにでっち上げられるかもしれねえ口書でやすが、夜鴉の与七や白河の四之平を言いくるめて、何をでっち上げようとしてんですかい。そこんとこが、いまいち分からねえ」

「おぉ、箕助。いい問いを入れてくれた」

照謙が応じ、征史郎もうなずいた。

鳥居家用人の飯岡左馬造が、南町与力と同心の大野矢一郎と小林市十郎に死体盗人を捕えさせ、その吟味の最中に番士が言っていたように、飯岡左馬造が夜鴉の与七と白河の四之平に何事かを持ちかけた。

それがなにか、照謙と征史郎は容易に想像できた。箕助はそこを訊いていた。照謙も征史郎も、それを暗黙の了解のなかに話を進めていたのだ。箕助たちに理解できないのは無理からぬことだった。二人とも、配慮が足りなかったようだ。だから〝いい問いを入れてくれた〟なのだ。

大番屋の吟味部屋に引き出された与七と四之平の耳元に、飯岡左馬造はそっと言ったはずだ。

「――おまえたちが誰に死体盗人を頼まれたかは、あとでゆっくり聞くとしよう。そのまえに、跡見英淳なる町医者に頼まれたと自白するのだ。そうすれば、おまえたちをすぐにも放免し、俺の岡っ引に取り立ててやろうじゃないか。そうなりゃあおまえたち、天下御免でいい思いもできるぞ」

縄付きになった者のなかから、同心がこれは使えそうだと目串《めぐし》を刺した者を放免し、探索に手足として使う。それが岡っ引である。悪の道を探るには悪の道を知る者が最適といったところか、効果は大きかった。

無罪放免を恩に着て改心し、真面目に探索に専念する者もおれば、虎の威を借る狐よろしく、肩で風を切って街中《まちなか》を闊歩《かつぽ》し、商家に顔を出してはやくざ同様に用心棒代のようなものを強要する者もいる。与七と四之平なら、いかような岡っ引になるかおよそ見当がつこうというものである。二人がこれを見逃すはずはない。照謙も征史郎も、そのような岡っ引をいくらでも知っているのだ。

死体を盗ませた目的も、照謙と征史郎ならすでに見通している。腑分《ふわ》けである。飯岡左馬造も、それを理由に使うはずだ。実際に真実味はある。

「腑分け？」

「なんですかい、それ」

問いを入れたのは耕作と与作が同時だった。箕助もお琴も、いまいち解《わか》っていない顔つきだった。

「腑分けというのはなあ……」

照謙が説明しはじめた。

散見《さんけん》される墓場荒らしに、奉行所は北町も南町もおよその見当をつけていた。

医者たちのあいだでも、誰がやっているかは判らないまでも、その目的はささやかれていたのだ。

人体解剖《かいぼう》である。杉田玄白《すぎたげんぱく》と前野良沢《まえのりょうたく》らによって解体新書《かいたいしんしょ》が世に出されたのは、安永《あんえい》三年（一七七四）だった。それ以来、人体図を絵で見るだけでなく、みずからの手で実物を腑分けし確かめたい、骨格も知りたいと願う医者は、全国であとを絶たなかった。この年は解体新書からすでに七十年近くになるが、医者たちのあいだでその願望はますます高まっていた。

しかし、解剖できる死体など、そうあるものではない。刑場で処刑があったときなど、多くの医者から死体払い下げの請願が奉行所に寄せられる。ときには許されることもある。だがそれらは払い下げられたときには、すでに代々の御様《おためし》御用《ごよう》の山田浅右衛門《やまだあさえもん》によって、幾度も幾度も試《ため》し斬《ぎ》りにされ、一から腑分けできる状態ではなくなっていた。

当然、意欲のある医者は、五体が満足にそろった死体を求めた。それには埋葬されたばかりのホトケを掘り起こし、持ち去る以外に得る方途はなかった。

それればかりではない。処刑は男が多かった。男女の人体の違いを直接確認することができない。若い女の葬儀があれば、その遺体の需要は極めて高かった。先日、永代寺の墓場から持ち去られたのは、病で息を引き取った若い女だった。五体そろっており、腑分けには理想的である。

その葬儀のあったことを知った夜鴉の与七や白河の四之平らが、いずれかの医者に売り込み、死体盗人の商談が成立したのだろう。

「まあ、なんてことを！」

お琴が身をぶるると震わせた。医術のためとはいえ、罪なきホトケに許されるものではない。

凄惨《せいさん》な腑分けの場を想像したか、箕助も耕作も与作も言葉を失ったようだ。

ようやく箕助が言った。

「そ、それで与七と四之平にもう一人の仲間が、永代寺から盗み出したのが若い女の死体だった……」

「そういうことになる」

「誰！　誰がそれを頼んだのです⁉」

と、またお琴。

征史郎が応えた。

「それを飯岡左馬造という、錬塀小路の配下が与七と四之平に、跡見英淳なる医者に頼まれたと証言させようとしているって寸法さ」

熱心な医者と町の与太の組合せ……、奇妙だがその目的を思えば、誰もが納得できる証言となるだろう。医者を罠に嵌《は》めることと、町医者たちの変心がどう結びつくのか、今のところは判らないのだが。

「ゆ、許せません」

お琴がまた言う。

照謙と征史郎が無言のうなずきを見せた。

箕助も耕作も与作もうなずいた。

一同の士気は、この上ないほどに高まっている。

しばし手習い処は、今宵の牢破りの謀議の場となった。

差配は征史郎である。

(勝算はあるはず)

照謙は全幅の信頼をおいている。

征史郎は言った。

「行くぞ」

「おーっ」

箕助が応じた。それはお琴、耕作、与作の声でもあった。

（頼むぞ）

照謙は念じた。

提灯の灯りが、墓場のほうへ消える。

除夜の鐘まで、まだ一刻半（およそ三時間）ほどはあろうか。

茅場町の大番屋ではいまごろ、番士も牢番たちも、それぞれに年忘れの酒を酌み交わしているころだろう。征史郎が帰りに近くの酒屋から届けさせた酒は、一升徳利が二本だった。

「さーて、今宵の除夜の鐘は、一人で聞くことになってしもうたなあ」

低く声に出した。

屋内に戻り、火鉢を前にふたたび腰を据えた。

飲みかけ、すっかり冷めてしまった残りの酒を一気に干し、

（天保のご改革……？　いったい何なのだ）

思わずにはいられなかった。

鳥居耀蔵の策謀に遭うまえまで、おのれも南町奉行として、奢侈停止令や人返しの令などを、

「――民をして遵守《じゅんしゅ》せしめよ。改革を進めるに躊躇《ちゅうちょ》あるべからず」

矢内照謙こと矢部定謙は、南町の与力や同心たちに命じていたのだ。府内で芸を売る者を取り押さえ、在所で喰えず江戸に出て来て無宿となった者を一網打尽にしては無理やり国元に返していた。その過程において恨みを買い、情けを欠いた措置は数え切れない。

その厳重なお上《かみ》の網をかいくぐり、江戸の空の下に生きて来たのが、箕助であり耕作、与作であり、お琴たちなのだ。

その四人がいま世の理不尽を排すべく、

「――ともかくやりやしょう。それしかありやせんや」

「――そう、そうよねえ。牢破りも世のため人のためです」

箕助が覚悟のほどを口にしたのへ、お琴は言っていた。

照謙は独《ひと》り、低声《こごえ》を洩らした。

「ならば水野忠邦さまのご改革とは、いったいなんなのだ。諸人《もろびと》を苦しめ混乱させているだけではないのか。それだけではないぞ。便乗した妖怪に、野望を遂げ

させる手段に使われているだけではないか」

鬼籍《きせき》に入り、神と祀られた身では、それが分かっていても現世の事象に直接手を染めることはできない。

だが、すでに染めている。

（ならば）

幽霊であっても、現世への忖度《そんたく》は必要としなければならない。

（わしを生かしてくれた桑名藩、荘照居成の神として祀ってくれた庄内藩に、断じて迷惑を及ぼすようなことがあってはならない）

除夜の鐘まで、いましばし間がありそうだ。

「頼むぞ！」

胸中にではない。

慥《しか》と声に出した。

三　牢破り

一

谷川征史郎が差配だ。
（ぬかりはあるまい）
信頼はしているが、なにぶん牢破りである。しかも、大晦日《おおみそか》の夜に……。
五人の影が消えた灌木群のほうへ、
（頼むぞ）
照謙《しょうけん》はまた念じた。
寒い。
あらためて灌木群に視線をながした。

視線といっても、見えるものはなにもない。

気配を探ったのだ。

あの黒い影の二人である。

感じるものはない。

（わしなら、こういうときにこそ狙うがなあ）

と、その正体に見当はつけている。

刺客《しかく》である。

鬼籍《きせき》に入り、神と祀《まつ》られた者を殺そうなどと、酔狂《すいきょう》な者などこの世にはいないだろう。

ならば刺客は、矢内照謙こと矢部定謙が死なず、現世《げんぜ》に在《おわ》すことを知っている者となる。かつ、照謙に生きていてもらっては困る者に限定される。

きょうの大晦日に、その者たちは動いていない。

ということは、ときおりうわさに聞く、殺しを生業《なりわい》としている不逞《ふてい》の輩《やから》ではない。いっそう、そういう類《たぐい》であったほうが……、

（やりやすいのだが）

思えてくる。

一度は三途《さんず》の川を渡り、涅槃《ねはん》に一歩を印《しる》した照謙こと矢部定謙を呼び戻し、現世に生きる道を用意してくれたのは、桑名城下の日蓮宗の山寺、斎量寺《さいりようじ》の住持竜泉《りゆうせん》だった。それを桑名藩国家老の吉岡左右介《よしおかそうすけ》は、

「——仏門に入り、還俗《げんぞく》せぬというのであれば」

との条件付きで、不承《ふしよう》ぶしょう認めた。

ところが江戸に出た矢部定謙は身延山《みのぶさん》にも入らず、諸国行脚《あんぎや》に出ることもなく、矢内照謙と名を変え、矢部家の菩提寺である江戸深川の日蓮宗浄心寺《じようしんじ》の境内《けいだい》に、檀家の子弟のための手習い処を建て、そこに住まう手習い師匠となった。誓ったことに違背《いはい》している。

桑名から竜泉が江戸おもてに出て来て、照謙にそっと告げた。

「——左右介さまが向後《こうご》に怖気《おじけ》づかれ、そなたを亡き者にし安堵を得ようとしておいでじゃ。すでに手練《てだ》れの者が国おもてを発ったと聞く。用心なされよ」

予測していたことである。

だが照謙にとって、もっと身近な刺客として考えられるのは、桑名藩江戸家老の服部正綏《はつとりまさやす》である。正綏は服部半蔵《はんぞう》のながれにつながる家柄で、江戸屋敷に置いている横目付《よこめつけ》の一群は、各種の探索能力に優《すぐ》れているとの定評がある。

その服部正綏が、矢部定謙の生存に気づかないなどあり得ようか。気づけば仰天し、国家老を詰《なじ》るより早く秘かに刺客を放って矢部定謙を亡き者にし、なにごともなかったように取り繕《つくろ》い、藩の安泰を図《はか》ろうとするであろう。服部正綏がその挙に出るのも、吉岡左右介が心配になって刺客を放つのも、藩への忠義として、照謙のじゅうぶんに理解できるところである。

いまときおり浄心寺の灌木群や墓場に姿を見せる二つの黒い影が、はたして吉岡左右介が国おもてから送り込んだ手練れの者なのか、それとも服部正綏の放った江戸藩邸の横目付なのか、いずれとも判断がつきかねる。誰何《すいか》しても、刺客が名乗りを上げるはずはない。いずれにせよ桑名藩松平《まつだいら》家に禄《ろく》を食《は》む者である。大晦日や元日は屋敷でさまざまな行事から離れることはできない。

それが国家老や江戸家老の密命であればなおさらである。刺客に選ばれた藩士は、年末年始のお家の行事に加わっていなかったなら、

（いったいなにを？）

と、奇異な目で見られ、なにやら密命を帯びていることが藩内に広まってしまうだろう。桑名藩では幼君の松平定猷《さだみち》をはじめ、預かった罪人の元南町奉行矢部定謙が、幽閉三月《みつき》後に国おもてで死去したことを疑う者はいない。幕府にもそう

報告している。

「——なんでも抗議の断食《だんじき》を決行され、壮絶な死だったそうな」

「——町奉行を罪人に仕立てた老中の水野忠邦さま、執拗《しつよう》に讒訴《ざんそ》しつづけた目付の鳥居耀蔵《ようぞう》どのは、なにか我が身に起きるのではと、戦々恐々としておいでだそうな」

江戸藩邸でうわさになり、やがて外部にも洩れようか。

断食で餓死したその人物が、

（生きているらしい）

ならば秘かに刺客を放ち、人知れず殺害し、なにごともなかったことにしなければ、桑名藩松平家十一万石の存続は危うくなる。

江戸家老の服部正綏も国家老の吉岡左右介も、刺客を放ったことが藩士たちに知られてはならない。うわさに立ってもならないのだ。

「刺客どもよ、急いでいるのだろう。今宵来て影だけではなく、慥《しか》とその顔を見せぬか」

照謙は、気配のない灌木群の闇に向かってつぶやいた。

刺客に狙われるのはむろん恐ろしい。だが、安堵も覚える。

桑名藩で、矢内照謙こと矢部定謙の生きているのを知るのは、国家老の吉岡左右介と限られたその側近、さらに江戸家老の服部正綏と刺客を命じられた、江戸藩邸の横目付たちのみであろう。

両者に共通するのは、矢内照謙こと矢部定謙に、この世にいてもらっては、

（困る）

その一点であろう。ひるがえってそれはまた、

（あくまで生身《なまみ》の幽霊でいなければならない）

と、みずからを律する照謙の決意と一致するものでもある。

そこに照謙は覚えるのだった。おなじ目的を持った、いずれかの刺客が身近に現われる。

（わしの思いどおり、この身の生存がおもてになっていない証左《しょうさ》）

ではないのか。

もっとも照謙がそのようにおのれを律する理由の一つが、自分を蘇生させてくれた桑名藩への恩義からである。家老たちが人知れず刺客を放ったように、自分がこの世の人間であれば、桑名藩にこの上ない迷惑をかけることになる。

それほどの恩義を、照謙は桑名藩から受けている。その恩義に報《むく》いるのが、生身の幽霊として生きることである。

桑名を離れるとき竜泉に約束したように、諸国行脚《あんぎや》の修行に出るか身延山に入って俗世《ぞくぜ》と縁を切り、荒行《あらぎよう》の日々に身を置くのも、桑名藩の恩義に報《むく》いることになる。江戸へ出て来たのは、諸国行脚にせよ身延山にせよ、そのための起点を矢部家菩提寺の深川浄心寺に定めるためだった。

ところがその道中に、また江戸に着いてから目にしたのは、いよいよ世の活気を奪い、ますます諸人《もろびと》を塗炭《とたん》の苦しみに追いやる御政道の理不尽さであった。当初から矢部定謙が強硬に反対した、天保の改革が進められているのだ。竜泉に約した身延山入山も諸国行脚も、ここに吹き飛んだ。

（許されよ、竜泉どの）

思いながら名を矢内照謙に改め、手習い処の師匠としての生活《たつき》に入るとすぐ、見えぬ権力による浄心寺裏手の山本町の住人追い出しに直面し、箕助らの合力もあり、流血をともなったがともかく解決した。さらに現在《いま》、医療に関して不可解な現象に、探索の手を入れようとしている。

こたびもまた、天保の改革に乗じた鳥居耀蔵の裏の手の伸びていることが、きわめて濃厚なのだ。

二

暗い外に立っていると、寒さはやはり体の芯《しん》にまで染みこんでくる。

眼前の闇のなかには、照謙を神として祀った荘照居成《そうしょういなり》の祠《ほこら》と、定謙も眠る矢部家代々の墓がある。

新たな名の〝矢内〟は〝矢部〟の一部を変えたもので、〝照謙〟の〝照〟は、荘照居成の〝照〟である。

「冷える。征史郎や箕助たちには悪いが……」

つぶやき、部屋に戻った。

暖かい。

酒がほとんど残っている。さきほど熱燗にしたのは、ほんの二合か三合だ。それぞれが話をするのに、すこし口を湿らせただけだった。

四人が、失敗すれば命を落とすかも知れない牢破りに行っているのに、自分ひとりで酒宴のつづきをするわけにはいかない。布袋《ほてい》の鋭吾郎差し入れの一升徳利二本を、そっと部屋の隅に押しやった。餅もスルメも同様である。

火鉢の炭火はそのままだ。箕助ら四人が冷えた体で戻って来たときの用意に、せめて部屋だけは暖かくしておかねばならない。だが征史郎が跡見英淳を、此処《ここ》へ連れて来ることはあり得ない。牢から救い出したあといかように……。征史郎がよしなに按配《あんばい》するだろう。金四郎も了解しているはずだ。

(いかように？　そこは金四郎のことゆえ)

これもぬかりはないはずだ。

燭台のろうそく一本の灯りのなかに、炭火の燃える火鉢からいくらか離れ、端《たん》座《ざ》の姿勢を取り、瞑目《めいもく》した。

そのままの姿勢で、跡見英淳を救出した一行を迎えるつもりである。

座ったとたん落ち着くどころか、逆に心ノ臓が高鳴る。

(頼むぞ)

脳裡を駈けるのは、その思いである。

なにしろ仕事は牢破りだ。しかも差配が北町奉行所の臨時廻り同心で、助っ人が元南町奉行の手の者とくれば、失敗は許されない。もし失策《しくじ》って一人でも捕縛される破目になれば、征史郎ならその場で喉を突いて自害するだろう。だが身許は露顕《ばれ》る。金四郎の立場は最悪のものとなる。相手は急激な改革を推《お》し進めている水野忠邦であり、人を陥《おとしい》れるのに長《た》けている妖怪の鳥居耀蔵なのだ。

（金四郎は切腹か……、それともわしとおなじ道を……）

箕助たちが捕縛されれば、その尋問は過酷を極め、鳥居耀蔵配下の与力や同心は、矢部定謙が生きていたという、箕助たちでさえ知らない秘密にたどり着こうか。その影響は波紋どころか、江戸中に激震が走るのは必至だ。

（わしも出張《でば》ったほうが……）

独《ひと》り気を揉むよりも、そのほうが楽かもしれない。

（それにしても……？）

疑問が湧いてきた。

（稚拙《ちせつ》なのに、できすぎている）

征史郎たちの牢破りではない。跡見英淳と死体盗人たちが、ほとんど同時に茅場町の大番屋に引き挙げられたことである。

鳥居耀蔵が、遠山金四郎を陥れる機会を虎視眈々《こしたんたん》と狙っていたとしても、年の瀬も差し迫ったときに、木綿《もめん》の着物を着た娘の志乃を〝奢侈停止令《しゃしちょうじれい》〟に触れると難癖をつけて土地《ところ》の自身番に引いたのには無理がある。志乃も〝改革〟を利用した役人や岡っ引の手口をよく知っており、街へ出るのにそうしたお上《かみ》の手先につけ入られる隙を見せたりはしない。だが、自身番に引かれた。

そればかりか、世間一般の袖の下を用意して娘を引き取りに来た英淳を、有無《うむ》を言わせず茅場町に縄付きで引き挙げ、牢に入れた。手際がよすぎる。

不思議はもう一つあった。

英淳が大番屋の牢に入れられたとき、夜鴉の与七と白河の四之平が、ひと足さきに牢内に囚《とら》われていたことだ。二人の吟味に当たったのは、南町内与力の飯岡左馬造だった。左馬造は二人に、

——若い女の死体を手に入れるよう、跡見英淳から依頼された
そう供述させ、それを二人の口書《くちがき》にしようとしている。跡見英淳がいかに否認しようが、証言した与太二人と一緒に小伝馬町送りにすれば、あとは南町奉行所のお白洲が待つのみとなる。裁許を下すのは、南町奉行の鳥居耀蔵である。

——北町のお奉行さまの屋敷に出入りしていたお医者が、実は死体盗人の元凶だったというではないか
寺や神社でまだ正月行事のつづくなか、うわさは江戸市中を駈けめぐる。

(なるほど、それで稚拙なようで完璧《かんぺき》だったのか)

照謙は登場人物たちと、考えられる策とを組み合わせるなかに、一つの結論を得た。

鳥居耀蔵は遠山金四郎に打撃を与える道具として、以前から跡見英淳に目をつけていた。

奉行所では南町も北町も、ときおり死体盗人が出没することに、うすうす気づいていた。目的も腑分《ふわ》けのためと勘付いている。だが被害者が寺とあっては、寺社奉行からの要請がない限り、手は出せない。

しかし、町場で死体盗人を捕える分には、この限りではなくなる。

鳥居耀蔵は考えたはずだ。

(跡見英淳に、死体盗人の濡れ衣を着せられないか)

その役務を、内与力の飯岡左馬造が請《う》けた。

飯岡はさすが妖怪の側近か、あるじに似て細い目に薄い唇で、見るからに策士といった風貌《ふうぼう》である。やることもその風貌にふさわしかった。

南町奉行所の同心とその岡っ引たちを使嗾《しそう》し、江戸中に網を張った。やみくもに市中を巡回するのではなく、若くして死去した娘の葬儀はないか探らせた。これから野辺送《のべおく》りか、すでに埋葬されていても一両日以内でなければならない。年末の時点で数件あった。その一つが深川の永代寺だった。

ここまでは、照謙の予想しうる範囲である。

その予想は当たっていた。だが、それが具体的にどう進捗《しんちょく》したか、そこまでは見えない。

現実にそれは、進行していた。

南町奉行所は、冷えるなかに張り込みの人数を繰り出していた。永代寺には同心一人を差配に、岡っ引と下っ引たち五人だった。

成果はあった。闇にうごめいた影は三人だった。

三人は外に停《と》めてあった大八車に、掘り起こした死体を乗せた。

同心たちは内与力の飯岡左馬造に命じられていた。

「――捕えてはならぬ。死体はいずれに運ばれるか、運んだ者どもはいかなる者か、そのねぐらはどこかを突きとめよ。ゆめゆめ手出しはならぬ」

みょうな下知《げじ》だ。盗賊を見つけても、捕縛してはならぬというのだ。しかもこたびは、五人で三人の影を視界に収めている。御用の声とともに飛び出せば、死体の現物とともに、盗《ぬす》っ人《と》三人もお縄にできるかもしれない。捕物にとって、これほどの好条件はまたとない。

しかし奉行所の者は、与力から同心、さらに捕方の一人ひとりに至るまで、内与力の差配は奉行直々《じきじき》の下知と認識している。

捕縛したい思いを抑《おさ》え、ただ尾《つ》けることに専念した。

永代寺を離れた三人組は、なかなか巧妙な運び方を見せた。

寺の外に大八車を用意していた。もちろん、死体を運ぶためである。だが、大八車に載せているのは、死体だけではなかった。蒲団《ふとん》に衣類、米櫃《こめびつ》に箒《ほうき》に擂鉢《すりばち》、茶碗、湯呑み等々と、途中で自身番の者に誰何《すいか》されても、

『ま、その。ちょいと……』

『あっしら、運び人足屋でやして……その……』

言いよどんでいると、自身番の者たちは思うだろう。

三人組のうち、二人は提灯を手にしている。盗賊が得物を運ぶのに灯りを持ったりはしない。つまり提灯は、盗賊でない証《あかし》……。

『ははん。おまえたち、夜逃げの手伝いだな』

年の瀬の夜である。

『へえ。まあ、そんなところで』

年末の夜に夜逃げは珍しいことではない。死体は下のほうだから、見つからな

い。

大八車は永代寺から江戸を離れるように東に進み、深川十万坪の樹林を抜けると掘割《ほりわり》の十間川《じっけんがわ》に出る。その川端の道を北へ進む。川の西手には人家がまばらにつづくが、東手は百姓地で田畑が広がっている。西手に民家の立ちならぶ一角がある。猿江町《さるえちょう》だ。ここで自身番の提灯に行く手を阻《はば》まれ、誰何《すいか》された。内与力の飯岡左馬造から命じられているのは、死体盗人を捕まえることではないのだ。尾けている同心や岡っ引たちは、自身番の者たちに、

(――余計なことをするな)

思ったことだろう。

与太三人は無事切り抜けた。自身番に詰めているのはその町の住人たちで、役人ではない。同情こそすれ、余計な詮索などしない。

大八車は車輪の音を立て、西手になる百姓地の往還をさらに北へ進んだ。大八車の一行は提灯の灯りを手にしているから、尾けるほうはいくらか間合いを広げても見失うことはない。

暗いなかにも、大地に集落の張りついているのが認められる。

亀戸村だ。

なおも北へ過ぎれば、つぎの集落は押上村《おしあげ》、柳島村《やなぎしま》とつづき、それらの東側にいきなり民家が増え、村というよりちょっとした町場になる。亀戸天満宮《かめいどてんまんぐう》の門前町である。亀戸天満宮の祭神は菅原道真《すがわらみちざね》であり、風光明媚《めいび》の地として、江戸府内にもその存在は知られている。

広く名の通った寺社とはいえ、芝の増上寺や深川の永代寺などと異なり、周囲は百姓地である。門前町の規模は小さく、表参道に茶店やそば屋が数軒立ちならび、参詣客よりも住人のための荒物屋や小間物屋、桶屋《おけや》に古着屋などが暖簾《のれん》を出している程度である。それでも百姓地にあっては、いつ行っても人の往来がある町場である。

だが、日の入りとともに人の往来は途絶え、外を歩くのに提灯の灯りが必要となる時分には、町場とはいえ、まったく人の影はなくなる。これが増上寺や永代寺なら、日の入りとともに町場はにぎわう。そこに町を仕切る店頭《たながしら》が必要となるのだが、亀戸天満宮にはそのような類《たぐい》の生じる素地はない。健全そのものの町場なのだ。

大八車は表参道を迂回《うかい》するように、天満宮の裏手にまわった。不気味な黒塀に囲まれた、かなり広い敷地の家があった。尾《つ》けている同心も岡っ引も、本所の土地には馴染《なじ》みがなく、関わりは亀戸天満宮へ一度か二度参詣《さんけい》に来た程度で、裏手のほうへ足を運ぶのはこれが初めてだ。そこにこんな黒塀の広大な敷地の家があるなど、まったく知らなかった。

趣《おもむき》が武家屋敷ではない。いずれかの豪商の寮《りよう》だろうか。その黒塀を不気味に感じたのは、大八車が黒塀の勝手門と思われるところに停まり、夜逃げの家財と思われる品々はそのままに、死体だけが塀の中に運び込まれたからだ。いまは深夜でその建物の全容は調べようもないが、あした近くに聞き込みを入れれば容易に判るだろう。

死体を運び込んだ男たちはすぐに出て来て、もと来た道を返した。同心と岡っ引たちは尾けた。

家財のみを積んだ大八車はふたたび門前町に戻り、表参道から枝道に曲がり、さらに路地へ入った小さな一軒家の前に停まり、積み荷を家の中に運び込みはじめた。空になった大八車をそのままに、男たちはもう出て来ず、灯りも消えた。三人はそこに住んでいるようだ。男たちの素性と生活《たつき》のようすも、あしたの聞き込みで明らかになるだろう。

三

火鉢から離れて端座する照謙の脳裡は、少しずつその事実に近づいていた。

永代寺の死体盗人は、以前門前仲町に巣喰っていた夜鴉の与七と白河の四之平、それにもう一人の仲間だった。そやつらの亀戸天満宮のねぐらに打込みをかけたのが、南町与力の大野矢一郎と同心の小林市十郎の二人だ。もちろんそのとき、六尺棒の捕方を幾人か率いていた。

この二人が出てくれば、照謙は随分と予測を立てやすくなる。かつて照謙が南町奉行であったとき、二人は与力や同心たちのなかにあって、ことさら忠実な配下で、その性格を知り尽くしている。奉行に対して忠実なのではなく、町奉行所の与力と同心という職責に人一倍忠実なのだ。ときには融通が利かず、照謙は苦笑しながらも、この二人をそれなりに評価していた。

鳥居耀蔵が南町奉行に就き、用人の飯岡左馬造が内与力になってからも、二人の〝役務にことさら忠実〟との評価は変わらなかった。鳥居耀蔵も飯岡左馬造も二人に対し、照謙とおなじ評価をしたのだ。

しかし、そうした与力と同心の忠勤ぶりをどう生かすかについては、鳥居耀蔵と飯岡左馬造たちは、照謙の南町奉行時代とまるで違った。

以前から南町奉行所の同心や岡っ引たちは、南町奉行たる鳥居耀蔵の下知《げじ》で、町場で新たな葬儀があり、かつここ一両日中に埋葬されたホトケはないかと探索を怠らなかった。その網に引っかかったのが、永代寺の墓場に忍び込んだ三人組だったのだ。

死体の運び込まれた民家と三人組のねぐらは、翌朝本所の亀戸天満宮から江戸城数寄屋橋《すきやばし》御門内の南町奉行所に急ぎ戻った定町廻り同心によって、内与力の飯岡左馬造に報告された。

飯岡左馬造は、その同心に言った。

「――ご苦労。そなたらの役務はそこまでじゃ。あとの手出しはならぬ。口外してもならぬ」

「――はっ」

同心の返事を確認し、まだ朝のうちというのに左馬造は、すぐさま奥の部屋に伺候《しこう》した。奉行への報告である。

余人を排し、二人だけの談合となった。

この二人が膝を交えたとき、そこが錬塀小路の鳥居屋敷か数寄屋橋の南町奉行所かの区別がなくなる。

報告を聞き終え、鳥居耀蔵は口元を不敵にゆがめ、

「――ふむ、よくやった。年の瀬の慌ただしい時期と重なってしもうたが、策は策として進めよ」

「――はっ。さっそく跡見英淳を茅場町に引き挙げ、三人の与太も捕縛し、口書を作成する用意を整えまする」

「――よし、英淳を小伝馬町送りにすれば、あとはわしが白洲で裁許《さいきょ》を下そう。これで遠山金四郎も矢部定謙のように、失脚させる口実ができよう。ただちにとは行かずとも、そこに一歩近づけようぞ」

「――御意《ぎょい》」

二人とも閉め切った部屋に膝を近づけ、声まで落とした。

鳥居耀蔵は不敵に口元をゆるめたまま、

「――ふふ、外神田の及川竹全はすでにわが掌中《しょうちゅう》にあり、亀戸の村居樹按も粕壁の崎谷秋駿も、うまくいっていようなあ」

「――むろん。なれど、いましばらくご猶予《ゆうよ》を」

照謙はなおも端座のまま、脳裡にその事実を追った。

「――よかろう。いずれも名医の誉《ほま》れ高い医者どもだ。これらすべてを掌中に収めれば、多くの大名家や幕閣の医事をわが手に収められようぞ」

「――御意」

と、それらの医者たちを、大名家や高禄旗本の侍医として送りこめば、その健康の具合どころか、家の内情まで知ることができる。

「――そうなれば、おまえの出世も思いのままぞ」

「――はーっ」

「――さあ、さっそく最後の詰めにかかるのじゃ。そうそう、亀戸天満宮の門前に打込むのは、与力は大野矢一郎、同心は小林市十郎がよかろう。あの二人は使いようによっては、猪突猛進《ちょとつもうしん》の力を発揮するでのう」

ふたたび飯岡左馬造は両手のこぶしを畳につけ、

「――御意」

返す言葉にも気合がこもっていた。実際に年の瀬に加え、その身はことさら忙しくなった。そこにまた、おのれの出世もあるのだ。

(――よしっ)

気を引き締め退出する背を、鳥居耀蔵は頼もしげに見送った。

与力の大野矢一郎と同心の小林市十郎が内与力の部屋に呼ばれたのは、そのあとすぐだった。

大野矢一郎はおなじ与力であるため対座のかたちになり、同心の小林市十郎はその斜めうしろに座を取った。二人とも、

（なぜわれわれが？）

と、訝《いぶか》る顔つきになっている。

飯岡左馬造は二人へ交互に視線を向け、言った。

「――年の瀬の差し迫ったときに申しわけないが、とくにこたびは幾代もの奉行に仕えてきたそなたらに手柄を立ててもらい、現在《いま》のお奉行の鳥居さまにも忠実であることを示してもらいたい。それがしの言葉は、そのままお奉行の言葉と思うていただきたい」

内与力としての下知だ。

おなじ与力でも、内与力は奉行の側近で一枚格上と認識されている。実際、そうなのだ。

大野矢一郎は返した。

「――慥《しか》と承知。して〝こたび〟とは？　確か〝とくに〟と聞こえましたが」

小林市十郎も次の言葉を待つように上体を前にかたむけ、飯岡左馬造の顔を見つめた。

「――そなたらに、死体盗人を捕縛してもらいたい」

「――えっ」

「――寺社が絡《から》みますが」

大野矢一郎が驚きの声を上げ、小林市十郎も思わず、躊躇《ちゅうちょ》を含んだ言葉を洩らした。

町奉行所の役人なら、当然の疑問である。

飯岡左馬造もそれを予測していたか、

「――賊は三人、ねぐらも突きとめてある。門前町は寺社の外だ。支配違いにはあたらぬ」

飯岡左馬造は含めるように語り、

「――確かな手証《てしょう》はつかんでおるゆえ、ともかく三人を一網打尽にしてもらいたい。捕縛すれば有無を言わせず、茅場町の大番屋に引き挙げられよ。打込み現場で、奪った死体がどこにあるか、誰に頼まれたかなど、一切尋問する必要はなし。あとはそれがしが大番屋に出向き、きりきりと白状させるゆえ」

すべては整い、あとは捕縛するだけとなっていた。役務はただそれだけで、探索など面倒をともなうものではない。捕方を連れて行けば、役人としてこれほど楽な役務はないだろう。

その役務は、亀戸天満宮門前のねぐらに打込み、三人の賊を捕縛し大番屋に引き挙げることである。それ以外のことは命じられていない。死体が天満宮裏手の黒塀の広い敷地を持つ寮に持ちこまれたことを、飯岡左馬造は〝一切〟口にしなかった。

昨夜永代寺近くで三人を見つけ、亀戸まで尾けた同心と岡っ引たちではなく、わざわざ大野矢一郎と小林市十郎に命じた理由はここにあった。両名は〝有無を言わせず〟賊どもを茅場町に引き挙げ、その場で尋問し死体が運ばれた黒塀の寮にまで打込むことはないだろう。もし昨夜の同心や岡っ引に命じたなら、黙っていても黒塀の寮にまで打込み、そこの家人らを一網打尽にするかもしれない。役人として、当然あるべき姿だ。

飯岡左馬造はさらに言った。

「――賊は三人とはいえ、油断召されるな。手向かいいたさば斬って捨てるもよ

し。ただし、一人はかならず生け捕りにし、大番屋に引き挙げられたい。一人《いちにん》た

りとも生かして逃がすは不可と心得られよ」

捕方の数をそろえての不意打ちなら、三人を捕縛するのは至難ではない。だが

〝一人たりとも逃がすは不可〟と言われれば慎重にならざるを得ない。打込んだ

とき、たまたま一人が他所に出かけていたなどのことがあってはならない。

拝命したその日は、亀戸天満宮の門前町に岡っ引を入れ、ようすを探らせた。

確かに得体の知れない与太が三人、ぶらぶらと暮らしている路地裏の小さな一軒

家はあった。陽が西の空にかたむきかけた時分、二人は出かけた。行き先は煮売《にうり》

酒屋《ざかや》だった。

煮売酒屋とはもともと酒屋だったのが、店先で一杯引っかけていく客の求めに

応じて縁台を用意し、簡単な煮物も出すようになった店のことである。庶民には

最も手ごろな飲み屋といえる。二人は一杯引っかけ、一人がその足で近くの女郎

屋に上がった。残った一人は、まだ煮物をつつきながら飲んでいる。三人がばら

ばらの行動をとり、この分では三人がもとのねぐらにそろうのは、かなり夜も更

けてからになるだろう。

大野と小林は、五人ほどの捕方を引き連れ、両国まで出張っている。岡っ引の

報告を受けた。深夜の打込みは危険である。斬っても取り逃がしは許されない。

打込みは明朝早くと決めた。この日は両国の各町の自身番に分散して泊まった。

両国なら本所の亀戸とはかなり離れており、そこに同心や岡っ引、捕方が分散して泊まっても、亀戸に緊張が走ることはない。

翌朝、日の出のころにはすでに大野矢一郎と小林市十郎の一行は両国を離れ、掘割《ほりわり》に舟を駆り、亀戸に向かっていた。昨夜遅く、煮売酒屋を張っていた下っ引が走り戻って、

「――ねぐらに三人そろいました。部屋の灯りも消えました」

報告した。三人はそろってねぐらで寝込んだようだ。ということは、あしたの朝早くに打込めば、確実に三人はそろっている。

亀戸天満宮の門前町に着き、陸《おか》に上がると、すでにかまどに火を入れるなど朝の動きを始めていた住人たちは驚き、走る捕方たちに道を開けた。

「――かかれっ」

大野矢一郎の号令で小林市十郎が表玄関から、

「――神妙にせいっ」

十手をかざし、飛び込んだ。

「――御用っ、御用！」

六尺棒の捕方がつづく。

裏の勝手口には、岡っ引とその配下の下っ引が固めている。

寝込みを襲われた三人は狼狽《ろうばい》したが、さすがに喧嘩《けんか》馴《な》れしているのか一人が枕元の脇差を取り、

「――野郎！」

鞘《さや》を払い小林市十郎に斬りつけた。

このときだった。飯岡左馬造の言葉が一瞬脳裡に走った。

「――手向かいたさば、斬って捨てるもよし」

小林市十郎は与太の刃《やいば》をはねのけ、大上段からそやつの首筋に大刀を打ち降ろした。骨まで斬った手応えと同時に、血しぶきが派手に部屋を朱に染めた。賊は即死だったようだ。これがきっかけになったか、あとの二人は抗《あらが》うこともなく、捕方たちの六尺棒に押さえ込まれた。

もちろん生け捕りにした二人の身柄は、土地《ところ》の自身番に引くことはなく、茅場町の大番屋に直行した。この二人がかつて門前仲町に巣喰っていた、夜鴉の与七と白河の四之平だった。

大野矢一郎と小林市十郎に死体盗人三人を捕縛せよと下知したあと、飯岡左馬造も多忙の年末を過ごすところとなっていた。

二人が内与力の部屋を退出すると同時に、数名の配下を引き連れ、本所界隈《かいわい》に出向いた。

その日に収穫はなく、機会が訪れたのは翌日だった。跡見英淳の娘志乃が女中一人をお供に本所相生町の自宅を出たのだ。奢侈停止令を意識し、木綿の地味な着物に簪《かんざし》はなく、櫛《くし》、笄《こうがい》も木製の地肌が見える質素なものだった。そう、照謙が本所菊川町の屋敷に遠山金四郎を訪ねた日のことである。

志乃は本所から両国橋を渡り、両国広小路に入った。芝居小屋、見世物小屋が立ち並び、烏賊《いか》焼き、天婦羅《てんぷら》、押鮨《おしずし》、汁粉《しるこ》、甘酒などさまざまな屋台がそれぞれの香をながしながら呼び込みの声を張り上げている。その横で赤い頭巾《ずきん》の飴屋《あめや》が口上《こうじょう》を述べながら太鼓を叩いておれば、すこし離れたところには笛と太鼓に合わせ逆立ちや宙返りを繰り出す越後《えちご》獅子《じし》も出ている。ときおり屋台で喉《のど》と腹を満たしながら見て歩くだけで、けっこう楽しめる。志乃よりもお供の女中のほうがはしゃいでいる。

尾行は本所相生町からついていた。

最も接近していた定町廻り同心に、広小路の茶店の縁台に座っていた飯岡左馬造は、

「――よし、かかれ」

合図を送った。

岡っ引が動いた。

突然のことに志乃も女中も狼狽し、周囲からはいつものことに、

「――あの娘さんの、どこがご法度《はつと》に触れてるんでえ」

「――なにがご改革よ、庶民を虐《いじ》めてるだけじゃないの」

声が飛ぶ。

このあとすぐだった。近くの自身番から女中が本所相生町に駈け戻り、入れ替わるように跡見英淳が飛び出した。志乃は放免となったが、英淳はそのまま茅場町の大番屋に縄付きで引かれ、代脈の誠之助は本所菊川町の遠山邸に走った。ここに矢内照謙をはじめ、征史郎、箕助、耕作、与作、それにお琴らの慌ただしい年の瀬が始まったのだった。

四

照謙はまだ端座のまま、事実を探る思考のなかにある。

その耳朶《じだ》が、除夜の鐘の響きを受けとめるには、まだ間がある。

(もし、わずかでも失敗と感じたなら、速《すみ》やかに現場を離れよ。躊躇は無用ぞ)

念じた。

手習い処から五人を送り出すとき、照謙は〝頼むぞ〟と言ったのみで、つまずいたときの処し方は言っていなかった。だが征史郎は心得ている。一人でも捕えられれば、それこそ幕府中枢《ちゆうすう》に激震が走り、北町奉行の遠山金四郎が苦境に立たされるばかりか、矢内照謙こと矢部定謙の素性もおもてになりかねないのだ。

もちろん照謙は、こたびの牢破りの成功を痛切に願っている。

(みんな、無理をするでないぞ……、決して)

矛盾《むじゆん》する思いが、再度胸中に渦巻《うずま》いた。五人の行動はいま、照謙のたどりついた事実の延長線上にあるのだ。征史郎もそれを心得ているはずである。

暗い。

息が白い。

手がかじかむ。

「指先の感覚を失わねえようにな。利き腕はふところに入れ温《あたた》めておくもんだ」

「さすがは征史郎の兄イ。わかってはいても、言われなきゃあ両手の指先をかじかませてしまうところでしたぜ」

闇に歩を踏みながら、征史郎が声を這わせたのへ、耕作がおなじような押し殺した声で返した。

冬の夜に徘徊《はいかい》する盗賊が、常に気をつけていることだ。利き腕がかじかんでいたのでは裏の板戸を開けるにも板塀を越えるにも手間取ってしまう。盗賊としては失格である。まして見つかりとっさに刃物を取り出すにも、指に感覚を失っていたのではただ狼狽し、みずからの身を危険にさらすことになる。

そこを征史郎は言ったのだが、一行はこれから押込みに行こうというのではない。押込みなどより困難な、牢破りに行く途次なのだ。盗賊以上に、細心の注意が必要となる。

「だから征史郎さんが差配なら、それだけ俺たちも安心できるのさ」

声は箕助だった。

さきほど日本橋を渡ったところだ。普段ならこの時分、通りに人影はない。だが大晦日の今宵、内神田に歩を踏んでいたときも人影をちらちらと見かけ、橋の上でお店者《たなもの》風の三人とすれ違った。いずれも提灯を手にしており、それが町場の住人の証《あかし》となり、見知らぬ者同士でも警戒しあうことはなかった。今宵は夜っぴて起きている家は多く、盗賊が跋扈《ばっこ》する余地はない。

もちろん征史郎たちも一人一人が提灯を手にし、闇に五つの灯りがひとかたまりになってゆらゆら揺れているのが、かなり遠くからでも視認できる。数が多ければ、逆にそれだけ他人に安堵感を与えようか。

それに五人のいで立ちは、征史郎はむろん昼間の同心姿を改め、職人姿に厚手の半纏《はんてん》を着込み、箕助、耕作、与作は袷《あわせ》を着ながしに半纏、お琴は地味な着物を重ね着にし、見るからに素朴な町娘の風情をつくっている。刃物は征史郎が匕首《あいくち》をふところに隠し持っているのみである。お琴は筒袖《つつそで》に絞《しぼ》り袴《ばかま》のいで立ちを、

「――動きやすいから」

と、望んだが、

「――おまえにそんな派手な動きは求めておらん。あくまでも、どこにでもいるような町娘だ」

と、征史郎がきつい口調で言い、地味な町娘を扮《こしら》えさせたのだ。

きょう昼間、同心姿で大番屋にふらりと通りかかった風情を装《よそお》って顔を出し、居合わせた番士三人から跡見英淳、それに夜鴉の与七、白河の四之平のようすを聞き出したときから、征史郎の脳裡で今宵の策は決まっていた。荒業を行使するのではない。あくまでも静かに牢を破る……。大番屋からの帰りに、近くの酒屋から一升徳利二本を届けさせたのは、そのための布石だった。

日本橋を渡れば、八丁堀に隣接する茅場町は、もう目と鼻の先である。

一行に緊張が走る。策を立てた征史郎とて同様である。番士や牢番たちと斬り結ぶのでないとはいえ、初日の出を拝みに行くような気分を保つなど不可能だ。このような仕事は征史郎も初体験であれば、まして箕助たちは無宿者の一時期に役人に追われた修羅場は幾度も踏んできたが、自分たちから仕掛けるのは初めてである。

提灯の灯りを頼りに茅場町へ近づくにつれ、それぞれの心ノ臓は早鐘を打ちはじめた。

酒屋の前に歩を踏んだ。征史郎が昼間、大番屋に一升徳利二本を届けさせた酒屋である。

雨戸は閉まっているが、すき間から灯りが洩れている。

征史郎が提灯の灯りのなかに低声《こごえ》を這わせた。

「さあ、うまくやってくれ」

「あい」

「がってん」

お琴が返し、箕助がつづけた。

征史郎は昼間、一升徳利二本を注文したとき、その酒屋が今宵は売掛《うりかけ》や買掛《かいかけ》の清算があり、かなり遅くまで商舗《みせ》を開けていそうなことを訊き込んでいる。いずれの商家もおなじである。逆にいつもどおり日の入りとともに暖簾を下ろし、戸締りまですれば、一家挙げての夜逃げと間違われる。

灯りがあり、雨戸越しに人の動く気配を感じるところから、いましがた商いを終えたばかりのようだ。

お琴と耕作が雨戸を叩いた。

すぐ潜り戸《くぐど》が開き、店の者が顔を出した。

「夜分、もうしわけありませぬ。八丁堀の畳屋《たたみや》でございます。これからでも二升ばかり購《あがな》えましょうか。こちらの徳利に入れてくださいな」

言うのが若い女であれば、怪しまれることはない。しかも現金払いだ。店の者は相好をくずし、すぐに酒を目一杯に満たした一升徳利を二本用意した。

征史郎たちは手元の灯りを隠し、物陰から見守っている。

「よしっ、次だ」

「おう、兄イ」

征史郎は肚《はら》の底からつぶやき、箕助がつないだ。

五人とも慥《しか》と感じた。一つの行動を起こし、それがうまくいった。高鳴っていた心ノ臓が、

（収まっている）

平常心を取り戻していたのだ。

「よし、次もうまくいきそうだ」

「へえ、そのようで」

また征史郎がつぶやくように言ったのへ、返したのは与作だった。もちろん箕助もうなずきを見せた。

暗い路上に、五人がひとかたまりになった。いずれもが火の入った提灯をかざしているため、怪しむ者はいない。

そこは武家地ではなく町場だが、この一角ばかりは昼間でも人通りは少ない。かなり広い範囲が粗壁《あらかべ》に囲まれている。大番屋である。白壁に門構えも重厚な小伝馬町の牢屋敷とは異なり、威厳や重圧感はないものの、そこを通る者に違和感を与えていた。

いまは深夜で、しかも大晦日である。

闇に沈む長い粗壁が、道行く者には不気味に映る。

目を凝らせば、粗壁の途中に柱を組み合わせた冠木門《かぶきもん》の輪郭が感じられる。もちろんこの時分、閉じられている。その内側に門番詰所《つめしょ》があり、常に番士が二人詰めているのを、征史郎は熟知している。

背の高い門扉《もんぴ》には小さな潜り戸《くぐど》がついており、門扉を閉めてからはそこが緊急時の通用口となり、外から叩けば詰所に聞こえる。そのほかの敷地内の配置はむろん、屋内の間取りにも人員の配置にも、さらに数カ所ある裏手の出入り口の箇所にも精通している。それらは大晦日の夜とあっても変わるものではない。だから立てられた策なのだ。

いま五人は冠木門の輪郭を夜目にも慥と収められる地点に歩を停めている。

そこに征史郎は低声《こごえ》を忍ばせた。

「いいかい、おめえら。これは芝居じゃねえ。その役どころの人物になりきるんだ。なあに、案ずることはねえ」

「あい」

お琴が返し、

「がってんでさあ」

「さあ、やりやしょう」

応じた声は、角顔の耕作と丸顔の与作だった。

征史郎の策は、すでに動いている。

それらの声を受け、

「よし」

征史郎は提灯の火を吹き消し、折りたたんでふところに入れ、

「さあ」

「おう」

うながされた箕助は提灯の火を吹き消すのではなく、火の入ったまま与作に渡

した。

受け取った与作は、両手に火の入った提灯を持つかたちになり、

「へへ、あとは滞《とどこお》りなく」

言ったのはむろん、征史郎と箕助、それに耕作とお琴に向かってであるが、与作の自分自身に対する言葉でもあった。

差配は征史郎で補佐が箕助だが、耕作、与作、お琴らもそれぞれに大事な役柄を負っているのだ。そこに若い町娘が一人いることは、対手の警戒感をやわらげるのに、貴重な存在といえた。

五

征史郎と箕助は互いにうなずきを交わすと、輪郭だけ視認できる冠木門に向かった。二つの影はすぐに耕作、与作、お琴らの視界から消えた。

「つぎは俺たちの番だぜ、お琴さん」

「はいな」

耕作が言ったのへお琴が返し、

「あとは滞りなく」

二人を見送るように与作がまた言った。両手に提灯を二張《ふたはり》かざしている。

二人はそれぞれ右手に提灯をかざし、冠木門に向かった。持っているのは提灯だけではない。左手には酒の満たされた一升徳利を一本ずつ提げている。

その場には、提灯二張を持った与作が残った。耕作とお琴の提灯の灯りが、かすかに視認できる。冠木門の輪郭の前だ。灯りの揺れ方によって二人の動きがわかる。

お琴は耕作と提灯の灯りのなかでうなずきを交わすと、いきなり門扉の潜り戸をけたたましく叩きはじめた。大晦日でも大番屋の一帯は静まり返っている。まして深夜である。潜り戸を激しく叩く音のみが、夜の茅場町に響く。

詰所の番士二人は驚いたことだろう。突然おもての門扉がけたたましい音を立てはじめたのだ。二人は心地よい仮眠を破られた。飛び起きたのだ。だがまだ眠い。きょうは出入りの商家から酒肴《さけさかな》の差し入れがあり、さらに北町臨時廻り同心の谷川征史郎からは二升も届けられたのだ。

例年のことだが、当直の身で出入りの商家からの差し入れで一杯やるのは気が引けるが、きょうばかりはとちびりちびりとやっていた。しかも臨時廻り同心の差し入れもあった。気分的にうしろめたい思いは薄れ、夕刻から番士たちだけでなく牢番や掃除人足の下男《しもおとこ》たちにまでふるまわれ、牢に入れられている者以外はいずれもが上機嫌だった。

目をこすりながら、

「誰なんでえ、こんな時分に」

「しっ、女の声だ。なにか叫んどるぞ」

「ん？」

番士二人は耳を澄ました。

お琴が門扉を叩きながら叫んでいる。

「大番屋のお役人さまーっ、お助けください、お助けくださいっ。角の酒屋の者でございますうっ」

はっきりと聞き取れた。

「おい、角の酒屋といやあ、谷川さま差し入れの酒を二升も届けてくれたところじゃねえのか」

「そのようだ」

しかも若い女の声だ。

番士二人は酒気を帯びたまま腰を上げ、外に出た。目の前の門扉がまだ音を立て、若い女の声が聞こえる。

「わかった、わかった」

「どうしたい、酒屋の娘かい」

ようやく門扉を叩く音と女の声が止《や》んだ。

潜り戸が中から開けられた。

「お助けをっ」

お琴が身をかがめ提灯をつき出し、潜り戸に飛び込んだ。耕作もつづいた。番士たちはすかさず二人が提灯だけでなく、征史郎が届けさせた一升徳利とおなじものを提げているのに気づいた。

昼間征史郎が届けさせた徳利とおなじである。耕作もお琴もその酒屋の半纏を着けておらず、提灯も無地で酒屋の屋号は入っていない。そこまで用意できなかったのだ。番士におなじ酒屋の奉公人と信用させるため、わざわざ一升徳利二本を購《あがな》ったのだ。

さきほどまで仲間と酌み交わしていたのと、おなじ徳利を提げている。番士たちは耕作とお琴を、おなじ酒屋の奉公人と認めたようだ。

「したが、どうしたというのだ。さっきの戸の叩きようは」

「尋常ではなかったぞ」

「あい、ともかくそこの詰所に。外は怖《おそ》ろしゅうて」

　お琴が言ったのへ番士が、

「なんのことか知らんが、とりあえず入れ。そこで理由《わけ》を聞こう」

と、提灯と徳利を持つお琴と耕作を詰所にいざなった。冠木門の潜り戸は開けたままである。

　二張《ふたはり》の提灯が門番詰所の中に入り、あたりが暗くなるなり、潜り戸の外で左右に張りついていた征史郎と箕助がすかさず門内に入りこみ、ふたたび闇に身を隠した。

　番士二人がかくも隙《すき》を見せたのは、征史郎の差し入れた酒でほろ酔い気分になり、しかもなにやら救いを求めるように門扉を叩いたのが、うら若い娘であったことに尽きよう。

　番士の問いに耕作が息せき切った態《てい》で、

「今日中にという酒の注文が多く、お届けに男手が手代の自分一人になり、売掛のこともあり旦那さまが二人で行けと、ご新造さまの許しを得てやむなくこの女中にも来てもらったのです」

「やはり夜の配達は女には無理なんでしょうか。三、四人の酔っ払いに囲まれ、危うくこの徳利二本を奪われそうになり、這《ほ》う這《ほ》うの態《てい》でここまで逃げて来たのでございます」

お琴がこれまた息せき切った口調であとをつないだ。

「これから外に出て、またあの酔っ払いたちと出会うとまずいです。あ、手ぶらなら絡《から》んで来《こ》んでしょう。この酒、徳利ごと差し上げやし……、いえ、差し上げましょう。一本は番士の方々へ。もう一本は牢番と下男のお人らへ。さあ、あんたもそれをここへ置いていきなされ」

耕作は言いながら、自分の提げていた徳利を詰所の板敷に置いた。

「これはこれはすまねえ」

「店のお人らに、礼を言っておいてくんねえ」

番士たちは言って相好《そうごう》を崩した。

お琴も、

「あ、なにも持ってなかったら、あの性質《たち》の悪い酔っ払いたち、もう絡んで来ないでしょうねえ。お店に戻って旦那さまに理由《わけ》を話し、男手がもう一人そろったところで、あらためて配達に行って下さいな。旦那さまもきっと承知してくださいますよ。昼間も番頭さんが大番屋《ここ》に二升、届けなさったことだし」

「ありがたいぜ、あんたら」

「ふむ。間違いなく牢番と下男たちに、この徳利一本、まわしておかあよ」

番士二人は言い、耕助がそれを受けるように、

「そうと決まれば早《はよ》う帰《けえ》って、いや、帰《かえ》って、また配達の用意をしなきゃ」

「でも、恐い。まだあの酔っ払いたち、その辺にいるのでは。すみません、番士のお方、外をちょいとのぞいて見てもらえませんか」

お琴が言ったのへ番士は二人とも、

「いいともよ」

と、御用の弓張提灯を手に六尺棒を小脇に抱え持ち、潜り戸から外へ出た。

お琴と与作もそれにつづいた。

冠木門の内側と門番詰所の周辺は、しばし無人となった。

物陰に潜んでいた影が動いた。

征史郎と箕助である。

奥へと走った。さすがに足音を殺している。

ふたたび潜んだのは、母屋の出入り口、正面玄関の外側である。玄関口の戸は厳重に閉じられている。外からこじ開けるには無理があることを、征史郎は心得ている。だから正面玄関の両脇に陣取ったのだ。

そのとき、冠木門の外はどう展開していたか。

「おまえたち、どっちから走って来た」

番士が問う。

「向こうのほうでさあ。いえ、ほうです」

耕作のお店者《たなもの》らしからぬ受け答えに、酒をまた二升も差し入れられたことと、立ち居振る舞いが楚々としたお琴がいることに、番士たちはなんら疑念を抱《いだ》くことはなかった。

二張の弓張提灯が、耕作の示した方向にかざされた。

さっきから提灯の灯りが視認できる範囲に、与作はたたずんでいた。両手に提灯を持ち、待ちくたびれていたようだ。その視界に、弓張提灯やお琴らのぶら提灯が揺れる。

「ほっ、うまくやってるな」

つぶやき、冠木門のほうに向かって両手を広げ、提灯を揺らした。冠木門のところからは灯りだけが視認でき、人影までは確認できない。灯りがふたつ揺れている。

「あ、まだいます。あそこ、三人ばかり。さっきも提灯はふたつでした」

お琴が声を上げ、隠れるように番士のうしろへまわりこみ、

「きっとあいつらです。追い払ってくださいまし」

「よしっ」

片方の番士が応じ、六尺棒を小脇に弓張提灯をかざし、

「おまえたち、なに奴《やつ》！　狼藉《ろうぜき》は許さんぞっ」

前方の提灯に向かって駈け出し、もう一人も、

「おめえら、こんな日にお縄を受けたいかあっ」

六尺棒を振りかざし、あとにつづいた。

前方のふたつの灯りは動きが乱れ、一人は火を吹き消したか、もう一人も脇道に逃げ込んだようだ。

番士二人は、

「この闇で灯りを消されたんじゃ、もう探せぬ」

「これでおまえたちにゃ、俺たちがついていると分かったはずだ。徳利も提げて

おらんし、もう絡んで来ることはあるまいて」

言いながら戻って来た。

「さあ、さっそく商舗《みせ》に戻って新たな配達の用意を」

「ほんとにありがとうございました。助かりました」

耕作とお琴は深々と頭を下げ、得体の知れない与太どもが消えた方向に歩を踏みはじめた。

「俺たちのほうこそ、思いがけなくもまた一升徳利を二本、差し入れしてもらうことになってよ」

「一本はかならず牢番たちにまわしておかあ。ありがとうよ」

上機嫌で番士たちはお琴と耕作の背を見送った。番士は足軽で構成され、最下級の武士で六尺棒だけでなく、大刀をひと振り腰に帯びている。

「さあ、あしたはいい正月を迎えられそうだ」

「ごもっとも、ごもっとも。牢番たちにもおすそ分けをなあ」

番士たちの言っているのを、耕作とお琴は背に聞き、提灯の灯りにいくらか歩を踏んでからふり返った。冠木門の前に弓張提灯の灯りはもうなかった。番士たちは門内に戻り、おそらく一人が一升徳利を提げ、母屋の牢に向かったことだろう。

お琴と耕作は提灯の灯りのなかに顔を見合わせ、ふーっと息をついた。大役をやり終えたのだ。すぐ近くの闇に征史郎と箕助が潜んでいるとはいえ、番士に相対しているのは自分たちだけだったのだ。緊張の連続だった。

歩を進めながら、まだ気は抜けない。むしろ、これからが正念場なのだ。

「箕助の兄イら、うまくやってくれてるかなあ」

「征史郎さんがついていなさるんだから、大丈夫よう」

耕作が心配げに言ったのへ、お琴は返した。〝大丈夫よう〞などと言ったものの、その口調にはやはり緊張が感じられた。

「ここだ、ここだ。待ってたぜ」

脇道から提灯をかざし、声とともに出て来たのは与作だった。

「まったくもう、張りつめっぱなしだったぜ。うまくいったようだなあ」

「はは、おめえの両手に持った提灯の動きもよかったぜ」

「ほんと二人いるように見えたものねえ」

耕作が返したのへお琴もつないだ。

耕作はさらに言う。

「あとひと踏ん張りだ」

与作とお琴は緊張のせいか無言のうなずきを見せ、三人の持つ提灯の灯《あか》りがふたたび闇のなかに動きはじめた。

このあと征史郎と箕助の無事な姿を見るまでは、さきほどまで提灯二張を持った与作が、耕作とお琴の仕事に〝張りつめっぱなし〟だったように、こんどは三人がそろって、征史郎と箕助の首尾よく進むことを祈り、気が〝張りつめっぱなし〟となるのだ。

六

いま極度に張りつめているのは、征史郎と箕助だった。

さきほどの冠木門とおなじように、母屋の正面玄関の両脇の外に身を屈《こご》め、息を殺している。

冠木門のときもそうだったが、潜むのに二人は常に両脇に離れている。これは一人が気づかれ誰何《すいか》されたとき、もう片方が背後から番士に飛びかかり、逃げる機会をつくるためである。もちろんそうなったとき、命長らえても策は失敗となる。緊張しないわけにはいかない。

外から番士二人が戻って来て門扉の潜り戸が内から閉じられ、門番詰所にふたたび灯りが点《つ》いてからすぐだった。

火の入った弓張提灯を左手に、一升徳利一本を右手に提げた番士が一人、詰所から出て来て母屋のほうに向かった。酒屋の〝手代〟と〝女中〟に約束したとおり、一升徳利一本を牢番詰所の二人におすそ分けするのだろう。牢番たちはすでに北町臨時廻り同心から差し入れられた酒のおすそ分けに与《あずか》り、酔っ払ってはいないが人並みに大晦日の夜の気分を味わっている。

征史郎と箕助は息を殺した。

牢番詰所は目と鼻の先だ。忍ぶように戸を叩き、

「おぉう、俺だ。昼間の酒屋から、また陣中見舞いだ。こんども一升徳利だぞ」

厚い板張りの戸に声を這《は》わせた。さすがは奥に牢問《ろうとい》（拷問）の間や格子で仕切られた牢を擁しているだけあって、薄板を張り合わせた雨戸のようなものではなく、おもての冠木門の門扉のように厚い板を組合せ、頑丈にできている。これを外から人知れず開けるなど、熟練の盗賊か忍者にしかできないだろう。征史郎といえど、その技《わざ》は持ち合わせていない。

厚い板戸を叩く音と忍ぶような声は、その厚い板戸のすぐ内側にある牢番詰所にまで聞こえた。

すぐだった。

詰所から牢番が、

「えっ、陣中見舞い？ 差し入れですかい。いま開けますで」

厚い板戸が中から開けられ、

「また一升徳利で？」

「そうよ。ほれ」

問う牢番に番士は弓張提灯とともに一升徳利をかざすように示した。牢番は六尺棒だけを得物にする中間《ちゅうげん》身分で、武士ではない。昼間につづく一升徳利の、しかも番士を通じての差し入れとあっては、恐縮して詰めているもう一人の牢番も出て来た。

夜間の宿直《とのい》は門番詰所も牢番詰所も二人ずつであることを、征史郎は熟知している。大晦日といえど、そこに変わりない。もちろん大番屋に詰めているのは、この番士二人と牢番二人だけではない。不意の用があったりすれば、裏手の部屋に交代要員として待機している者もおもてに出て来る。そのほか、下男《しもおとこ》たちも家族ぐるみで敷地内の長屋に住みついている。

敷地内で騒ぎが起これば、それら交代要員の番士たちがすぐさま刀を帯び、牢番や下男たちは六尺棒を手に飛び出し、すぐ近くの八丁堀にも遣《つか》いが走り、与力や同心たちが駈けつけるだろう。

だがこたびの策で警戒の対象とするのは、門番詰所の番士二人と牢番詰所の二人である。それ以外に一人でも対象の数が増えたなら、いま大番屋にいる全員が対象となり、すなわち策は失敗であり、二度目もなくなる。あくまで一回で、忍び込んだことすら知られないまま、静かにかつ速《すみ》やかに事を運ばねばならないのだ。

おもての門番詰所の番士がわざわざ、差し入れの一升徳利を持って来てくれたのだ。牢番は二人とも詰所を出て厚い板戸のところで番士を迎え、

「さ、ともかく中へ。すぐに熱燗をこしらえますで」

「いや。わしらも陣中見舞い、受けておるでなあ」

「いえ、かきもちがすこしありやすので、それをお持ちくだせえ」

「ほう、そうか」

番士は牢番にいざなわれ、中に入った。

双方の口調から、牢番たちもいくらか酒が入り、呂律《ろれつ》はまわるもののかなり上機嫌になっているのがわかる。もちろん飲んだのは、征史郎の差し入れた酒のおすそ分けである。

　牢番の詰所も屋外の門番詰所も配置は似ていて、頑強な戸のすぐ内側にある。番士が牢番二人にいざなわれ屋内の詰所に入るのと同時だった。母屋の厚い板戸の外に張り付いていた征史郎と箕助が中にすべり込み、こんどは牢番詰所の壁に張り付いた。

　中から声が聞こえる。

　牢番二人は番士に礼を述べ、番士はかきもちの包みと弓張提灯を手に出て来てそのまま厚い板戸に向かった。牢番二人もそれにつづき、厚い板戸の外にまで出て見送った。番士が自分たちを呼びつけるのではなく、直接一升徳利を持って来てくれたことに恐縮しているのだろう。板戸の外にまで見送りに出るのは、その気持ちのあらわれである。

　その隙を突いて、牢番詰所の中にするりと入ったのは征史郎一人だった。これまでも詰所に幾度か入ったことがあり、ようすは知っている。油皿に灯芯の燃えているのがありがたかった。

壁に掛かっている牢の鍵を素早くふところに入れ、外に出てふたたび板壁の外側に張り付いた。すこし離れた闇の中から、箕助が安堵の息をついたのも感じられた。

「おう、相棒よ。また旨酒にありつけるぜ」

「まったく、いい大晦日になったもんだ」

門番二人は言いながら屋内に戻って来た。

厚い板戸の小桟《こざる》をゴトリと落とす音が聞こえる。さすがに上機嫌でも戸締りに抜かりはないようだ。

「さっきは飲み足りなかったからなあ」

「そうそう、ありがてえことだ」

話しながら、弓張提灯の灯りが征史郎のすぐ前を通り、詰所の板戸が中から閉められ、コトリと小桟の落ちる音が聞こえた。厚い板戸の小桟はコトリだが、屋内の詰所の板戸はゴトリだ。頑強さと重量感が音からも分かる。すき間から洩れる灯りが弱まった。手にしていた弓張提灯の火を吹き消したのだろう。あとは油皿の灯芯一本の灯りのなかでおかきを焼き、ふたたび酒盛りを始めることだろう。

この分だと、門番たちが壁に掛けた鍵がなくなっているのに気がつくことはあるまい。大番屋の牢はあくまで仮牢であり、小伝馬町の牢屋敷のように警戒が厳重ではない。だからといって、牢破りを企《くわだ》てる者などいない。やればみずからの悪事を認めるようなものである。

それでも牢番詰所の中がどう展開するか見きわめるため、数呼吸ほどその場にとどまり、耳を澄ました。

聞こえる。

燗《かん》をせず、冷《ひや》で飲み始めたようだ。もちろん、壁の鍵を確かめることもない。このままあしたの日の出まで、上機嫌に過ごすことだろう。

「行くぞ」

「へいっ」

征史郎が闇に低く掠《かす》れた声を這わせると、箕助が押し殺した声を返した。

闇の中に二つの影が動いた。

牢番詰所を離れ、奥に向かっている。

勝手を知らない箕助は、征史郎にピタリとついている。

「そこ、段差があるぞ。気をつけろ」

「へい」

「そこを曲がれば、太い柱を格子状に組んだ扉がある。その先が牢だ」

「へ、へえ」

暗闇の中で箕助は、

(なんで征史郎さんは、こうも番屋内に詳しいのだ)

などと疑問に思うよりも畏敬の念を強めた。冠木門を入ったときから、もう征史郎を頼り切っている。

格子の扉の内側に入ったのは征史郎だけで、箕助は格子の外側にうずくまり、征史郎の出て来るのを待った。牢番が見廻りに来ないか見張り役である。もし来れば、三十六計逃げるに如《し》かずしかない。

堅牢な格子扉を入り、最初の牢は板敷に茣蓙《ござ》が敷いてあり、武士や僧侶、大名家の侍医などが拘束されたとき、ここに入れられる。

跡見英淳は乗物医者でも大名家の侍医でもないが、ここに入れたのは、鳥居耀蔵の一応の配慮であろう。

(妖怪さんよ、濡れ衣を着せる算段のくせして、配慮はしているかい。ありがとうよ)

闇の中に妖怪・鳥居耀蔵へ皮肉を込めた思いを忍ばせた。

ともかく英淳が、一番手前の牢に入れられているのはありがたかった。

「跡見どの、英淳どの、起きておいでか」

通路側の格子を通して入って来た声に、英淳は反応した。眠れぬまま、闇の中に起きていたようだ。

「お救いに参りましたぞ」

「おぉぉぉ、そのお声は！」

遠山家の用人と分かったようだ。

内側から格子に這い寄った英淳に征史郎は、

「しーっ」

叱声《しっせい》をかぶせ、

「いまはなにもおっしゃいますな。ただ私に、従《したご》うてくだされ」

「ふむ、かたじけない」

声は話している当人たちにしか聞き取れないほどの低い声である。だがそこは暗闇の牢内だ。誰が起きて聞き耳を立てているかしれない。

（名を口に出してはなりませぬぞ）

と、征史郎が言っているのに英淳は気づいた。

用心深く鍵を開ける鈍い音が、静寂のなかにはことさら大きく聞こえる。囚《とら》われている者たちにとって、そこに灯りのないことから、牢番の見廻りでないことは分かる。

ならば、

（牢破り）

起きていたか目が覚めたりした者は思ったことだろう。

それらは息を凝らし、耳を澄ませた。牢屋格子に組み込まれた小さな出入り口が開き、そこに人の動きを感じ取った者もいよう。それらは騒ぐことなく、次の動きを待っているようだ。

征史郎は英淳の腕を取り、

「さあ、ゆっくりと、こちらへ」

「おっと」

「足元に気をつけてくだせえ」

「ふむ」

と、英淳もすがるように征史郎の腕をつかんでいる。そうしなければ、なにも見えぬなかに歩は進められないのだ。

格子扉の外に出た。

箕助がそこにいる。

「さあ、お医者の先生。しばらくここで」

聞きなれぬ声だ。だが英淳は、お仲間がいたことに安堵を覚えた。

両脇が一つひとつの牢になっている通路に、ゆっくりと歩を忍ばせた。

一寸先も見えないが、両脇の格子の中に人の気配を感じる。

牢内の者はそれぞれの格子の中で、気配がまた戻って来て奥へ向かったのを感じ取った。それぞれが、自分の格子の前で、

（止まってくれ……）

思っていようか。だが、影の正体が知れず事情も分からないとあっては、おいそれと声もかけられない。収監されている者は、いずれも未決囚なのだ。下手なまねはできない。

気配は牢の一番奥に向かい、そこで動きを止めた。

影は言った。

「中にいるのは、夜鴉の与七と白河の四之平だな」

「なにっ、てめえ、誰でえ」

「なんで俺たちの名を」

さっきから起きて、奇妙な気配を探っていたようだ。

「ふふ、救いに来てやったのよ。さあ、出るぜ。用意しな。いま開けてやるからよ」

伝法な口調で言い、牢屋格子の小さな出入り口を手探りしはじめた。

「いま開けてやる。あとは俺について来な。正月は娑婆《しゃば》で迎えられるぜ」

格子をはさんで双方は顔を近づけている。

いっそう低声になる。おそらく隣りや向かいの者も、なにやら話していることは分かっても、内容までは聞き取れない。

格子の内側が返した。

「待ちねえ。俺たちゃおめえの素性が判らねえ。従うことはできねえぜ」

「なにっ。せっかく外に出られる幸運に、おめえら二人は恵まれてんだぜ。これを断わるたあ、どういう料簡でえ」

思いがけない反応に、征史郎はいささか驚いた。よろこんで乗って来ると思っていたのだ。

内側のもう一人が言った。

「俺たちゃ、素性の判らねえ相手の話に乗るほど、お人好《ひとよ》しじゃねえぜ。知らねえ野郎の牢破りに係り合うなんざ、危険きわまりねえ。さっき誰か一人抜けさせたようだが、俺たちのことは放っといてくんねえ。どこの誰か判らねえ人よ」

「そうか。一人を救いに来て、そのおすそ分けをおめえらにもと思ったのだが、ありがたく感じねえのかい」

「おかしいじゃねえか。ついでのおすそ分けなら、なんで迷わず俺たちの居所《いどころ》に歩み寄り、名指しまでしやがる」

「うっ」

迂闊《うかつ》だった。うまく運び過ぎて、逆に警戒心を持たれてしまったようだ。征史郎が次の言葉に窮《きゆう》していると、内側の二人が交互に言った。

「知らなきゃ教えてやろうかい。俺たちゃなあ、年が明けりゃあすぐにご放免よ。そのあとは娑婆で、偉《えれ》え与力の旦那の岡っ引にお取り立てよ。そんなありてえ道が待ってるってのに、どこの馬の骨か判らねえ野郎の、虫の良すぎる話などに乗れねえってことさ」

「そういうことだ。おめえ、知らずにとはいえ、ここまでやるたあ素人《しろうと》じゃねえな。まさか、俺たちをなにか嵌《は》めようとしてやがるかい」

与七と四之平がそこまで言うなら、征史郎はここで策の失敗したことを覚《さと》らざるを得なかった。

だが、成功の道を踏んでいるとも言えた。跡見英淳の身柄はほぼ確保し、与七と四之平が飯岡左馬造になにかを約束し、放免どころか岡っ引に取り立てるとの交換条件を示されたことがわかったのだ。もう、与七と四之平を牢《ろう》抜《ぬ》けさせ、問い質す必要もなくなった。

格子の中に声を這わせた。

「嵌めるたあずいぶんな言い方だが、おめえらにそんな道が用意されてるってんなら、そうしねえ。ともかく、おめえらとは縁がなかったようだ。長居は無用だ。行くぜ」

征史郎はあきらめ、その場を離れようとした。

「待ちねえ」

格子の中からの声だ。与七か四之平か、どちらか判らない。

聞こえる。

「おめえ、いってえ誰なんでえ。まあいいや。いま面《つら》は見えねえが、声は慥《しか》と聞かせてもらったぜ」

「そうよ。年が明けりゃ、俺たちゃあ泣く子も黙る岡っ引よ。その声、探し出してみせようかい」

「そうかい。楽しみにしてるぜ」

征史郎はその格子の前を離れた。

通路を戻り、堅牢な格子扉の外に出た。

外側からそっと閉めた。

格子扉の近くに身を潜めていた箕助が、闇の中に動く気配を感じさせた。英淳はまだ隅にうずくまっている。すぐそこに牢番詰所があり、牢番二人が差し入れの酒を酌み交わしている。箕助は闇の中に首をかしげ、

「あれ、あの二人は？」

「その必要はなくなった。理由《わけ》はあとで話す。行くぞ。英淳先生は」

「ここにいなさる」

「よし」

うずくまっている英淳をうながすと、

「長く感じましたぞ」

押し殺した声で言う。箕助の差配に従い、部屋の隅に身をかがめ待っているあいだに、気を落ち着けたようだ。暗闇の恐怖に駆られ不意に騒ぎ出すこともなければ、足をすくませ動けなくなることもなかった。

三人は征史郎を先頭に、つながってその場を離れた。鍵は牢番詰所の近くの床に、落としたように見せかけるため無造作に捨て置いた。朝になり、跡見英淳がいなくなっているのに牢番は気づき、牢屋の鍵が詰所の前に落ちている。牢番や番士たちがどう解釈するか、

（知らぬ）

征史郎は念じ、母屋の裏庭に出た。

七

これまで屋内の暗闇の中だったから、淡い月明かりでも明るく感じる。

目の前に植込みがつづく。下男《しもおとこ》たちが家族と住む長屋の輪郭が、その向こうに確認できる。

植込みの中に身を沈め、征史郎が息だけの声で英淳に言う。

「あの長屋の裏手に、勝手口の板戸がありやす。もう一カ所ありやすが、番士や牢番の住み込んでいる長屋の横手になりやす。危《あぶ》のうござんしょうから、こっちの勝手口から出やしょう。心してくだせえ」

「あいつら、すべて滞《とどこお》りねえはずでさあ」

箕助が返した。耕作、与作、お琴らのことである。

「そう願いてえぜ。こっちは手違いがあったがな」

言いながら征史郎は腰を上げ、

「さあ」

英淳を促した。

英淳は前後を征史郎と箕助に挟まれたかたちで腰を浮かせ、勝手口に踏み出そうとした足をとめ、

「このこと、菊川町は承知しておいでなのじゃろなあ」

念を押すようにつぶやきを入れた。さきほどから英淳は、谷川征史郎がことさらに伝法な口調をつくっていることから、

(遠山家の名を口にしてはならぬ。この根っから町衆の人物の前でも……)

そう解している。だからいまも遠山金四郎を〝菊川町〟と表現したのだ。

案の定だった。箕助が問いを入れた。

「また菊川町ですかい。そこにどなたかのお屋敷でもありやすんで？」

「それはあとだ。話はほかにもいっぱいある。行くぞ」

「へ、へえ」

最後尾の箕助が返し、三つの影は動いた。

数歩身をかがめて走っては止まり、長屋のほうに視線をやり、動きのないことを確かめ、腰を上げまた走る。なにぶん大晦日の夜である。除夜の鐘を聞こうと、起きている者がいるかもしれない。

確認を幾度かくり返し、

「ここだ」

板塀に向かって三人が身をかがめ、ふたたびひとかたまりになった所に、勝手口の板戸があった。勝手口とあって、板を張り合わせただけの簡易な板戸だが、外から小桟を開けることはできない。だが内側からなら、町家の板戸と変わりはない。小桟を手で上げるだけで、小さな子供にでもできる。あとはいかに音を立てないかだけである。

外に出た。板戸を閉めると、コトリと小桟の落ちる音がする。そこはもう大番屋の外であり、茅場町の町場である。

「ふーっ」

征史郎は大きく息をついた。内部に詳しい征史郎にしか、立てられない策だった。実行もまた、余人には代えがたいものだった。この策で最も緊張していたのも、征史郎だった。

大番屋内は、収監されている者は係り合いになるのを迷惑がり、声を出して牢番を呼ぶことはないだろう。それに牢破りとは、小気味のいいことである。むろん与七と四之平も、その範疇《はんちゅう》にいる。朝になり牢番が気づくまで、大番屋はしばし静寂を保つことだろう。

「お、来てやすぜ」

近くの枝道の角に、提灯の灯りが見え隠れしているのに箕助が気づいた。

灯りは待っていたように枝道から飛び出て来るのではなく、なにやらためらっているようだった。理由はすぐに分かった。当初の策では指定した裏手の勝手口から出て来るのは、征史郎と箕助、医者の跡見英淳、それに夜鴉の与七と白河の四之平を含めた五人のはずだった。

提灯の灯りを手に枝道へ隠れるように入り、待っていたのは耕作と与作とお琴の三人だった。

出て来た影が五つではなく三つだったことに、耕作らは戸惑ったようだ。やはりお琴を含め、まだ若いせいか臨機応変の行動がとれないのだろう。

「あっしがちょいと声をかけてきまさあ」

と、箕助がそのほうへ走った。

その場には征史郎と英淳の二人となった。

「英淳どの、菊川町の下知でございますれば、いましばらくそれがしの指示に従《したご》うてくだされ」

征史郎は鄭重《ていちょう》なもの言いになった。さきほどの英淳の問いに応えたのだ。

枝道の提灯の灯りは、ようやく安堵を得たようだ。

お琴が枝道から提灯を手に走り出て来て、

「よござんしたっ。もう、心ノ臓が破裂しそうな思いで……」

大げさではない。こうした場合、動いている者より待っている身のほうがじりじりし、落ち着きを失うものだ。

耕作、与作、お琴の三人は、おもての番人詰所に酒二升を差し入れてから、この裏手にまわり、次の用意をしながら征史郎らの出てくるのを、いまや遅しと待っていたのだ。

お琴の提灯にいざなわれ、枝道に入りさらに曲がったところに、

「へいっ、待っておりやした」

「参《めえ》りやす」

と、町駕籠が三挺、小田原提灯に火を入れ、待っていた。

「いったい、どこへ⁉」

英淳が訝《いぶか》るのも無理はない。

ここではじめて、鳥居耀蔵と鳥居家用人で南町内与力の飯岡左馬造が、英淳に死体盗人の濡れ衣を着せて北町奉行の失脚を謀《はか》ろうとし、死体盗人の二人を生け捕りにしたのも、その策謀の一環であるらしいことを話した。

「むむっ、武士にあるまじき卑怯な……」

英淳は絶句し、箕助らも驚いたようだ。

町駕籠三挺だが、門仲の市兵衛と布袋の鋭吾郎が差し向けたものだった。増上寺門前からは若い衆が一人駕籠について来ていたが、永代寺門前からは駕籠だけだった。夜鴉の与七と白河の四之平が一緒に勝手口を出て来て、そこに門仲の市兵衛一家の若い衆がいたのでは仰天し、その場から闇の中へ逃げ出さないとも限

らない。

策というより予定は、英淳を乗せた駕籠に箕助が付き添って深川に向かい、その身柄を門仲の市兵衛が、照謙からなんらかのつなぎがあるまでかくまう。与七と四之平は駕籠に乗せると若い衆の案内で芝の増上寺門前に向かう。これには耕作と与作が付き添う。増上寺門前では布袋の鋭吾郎が二人の身柄を預かり、飯岡左馬造からどんな取引きを持ちかけられたかを聞き出し、あとは門仲の市兵衛に二人を引き渡す……という筋書きだった。

だが、飯岡左馬造と与七、四之平の裏取引きの内容は征史郎がすでに聞き出している。跡見英淳に死体の調達を依頼されたという証言をし、口書を作成すれば、放免のうえ罔っ引に取り立てるというものだった。

この二人の身柄は、門仲の市兵衛から引き渡しの強い申し入れがあった。野ねずみの三五郎《さんごろう》一家の残党で、しかも門仲の市兵衛一家に挑戦するかのように、永代寺で悪戯《わるさ》を働いたのだ。市兵衛にすれば、

――生かしちゃおけねえ

残党二人なのだ。

身柄を永代寺門前に引き渡せば、その日のうちに二人はあとかたもなく、この

世から消えているだろう。布袋の鋭吾郎は店頭《たながしら》仲間の仁義として、それを承知している。征史郎や箕助たちもそうなることを予測しているが、

(店頭たちの縄張内《しまうち》のこと)

と、口には出さないだけである。

与七と四之平は、それを感じ取って牢抜けに乗らなかったのではない。ただ裏取引きを信じ、岡っ引の将来を選んだまでのことである。

このあとすぐ、英淳は駕籠の人となって箕助に付き添われ、深川の永代寺門前に向かった。そこで箕助は門仲の市兵衛に、事の始終を話す手筈《てはず》になっている。ひとお琴や耕作、与作たちも、連れ帰るはずの与七と四之平がいないのだから、ひとまず駕籠に付き添って増上寺門前まで行き、布袋の鋭吾郎に事の次第を説明しなければならない。

布袋の鋭吾郎一家の若い衆は言った。

「ま、その二人ってのは仕方ありやせん。呼んだ駕籠を手ぶらで帰したんじゃ駕籠屋に申しわけねえ」

言うと職人姿の征史郎に向かい、

「そちらの兄さん、いずれへお帰りか知りやせんが、どうぞ駕籠を使ってくだせえ。なあに、お代はもう払っておりまさあ」

駕籠舁《かごか》きたちがうなずきを見せる。

さらにお琴にも、

「もう一挺残ってるが、お琴さん、あんたが乗りねえ。俺と耕作どんと与作どんと、男の付き添いが三人もいるんだから豪華なもんだぜ。あはは、増上寺に着きゃあ今年最後の旨酒が待ってらあ」

さすがは布袋の若い衆だけあって、なかなかに気風《きっぷ》がいい。

「悪いわねえ。でもまあ、お言葉に甘えまして」

と、駕籠に乗ろうとするお琴と、耕作、与作に征史郎が、呼びとめるように言った。

「浄心寺の師匠になあ、除夜の鐘は一緒に聞けそうにねえって言っとかあ。したが、二日からの遠出のこと、忘れちゃならねえぜ」

「そりゃあもちろんです」

お琴が返し、耕作と与作も、

「がってんでさあ」

「箕助の兄イにも忘れねえように言っておいてくんねえ」

英淳を乗せた駕籠は、すでに出立《しゅったつ》している。すべてが首尾どおり行ったわけではないが、牢破りという大仕事をやってのけたのだ。永代寺も増上寺も店頭一家であれば、肴《さかな》も手習い処のように餅とスルメだけではあるまい。

もう一挺は中から征史郎が伝法な口調で、

「駕籠屋さん、すまねえ。深川の浄心寺までやってくんねえ」

「へいっ」

「がってん」

前棒《まえぼう》が応え、後棒《あとぼう》がつづけた。

浄心寺の手習い処では、

（大丈夫か……、いまごろは……）

照謙がまだ端座の姿勢で、

（首尾は如何《いか》に……）

思いをめぐらせている。

その耳に駕籠舁きのかけ声が聞こえるのは間もなくであろう。除夜の鐘も、同時に響こうか。

四　策謀始末

一

「へいっほ」

「えっほ」

さすがは大晦日の夜か、日本橋から内神田を経て大川《おおかわ》（隅田川《すみだがわ》）の新大橋を渡るまでにも、駕籠は往還に揺れるいくつかの提灯とすれ違った。いずれの駕籠も前と後に小田原提灯を提げ、なんら怪しむところはない。

新大橋を渡り深川に入ると、永代寺も浄心寺も近い。ひと足さきに茅場町を発った英淳の駕籠は、箕助を供にもう一つ下流の永代橋を渡ったことだろう。もう門仲の市兵衛のねぐらの前に駕籠尻を着けているかもしれない。

征史郎を乗せた駕籠も動きをとめ、前棒《まえぼう》が、

「へいっ、旦那。深川浄心寺、着きやした」

「おう」

征史郎が垂《たれ》から顔を出すと、そこは浄心寺の山門前だった。

――グォーン
除夜の鐘だ。鳴りはじめたところだ。

「こいつはいいや」

と、後棒《あとぼう》。

征史郎が降り立つと前棒が、

「旦那、浄心寺のお方のようには見えやせんが、これからまたどっかへ行かれるんなら、ここで待たせてもらいやすぜ。なあに、増上寺の布袋《ほてい》の親分から酒手はじゅうぶんにいただいておりやすんで」

「ふむ、そうだなあ」

と、一瞬その気になった。

照謙に今宵の首尾を伝えたあと、本所菊川町に戻って金四郎に報告し、向後《こうご》の策をじっくりと練る算段なのだ。深川から本所だから、遠くはない。

だが、

「いや、きょうは大晦日だ」

――グォーン
二つ目の鐘が鳴った。ことさら大きく響く。浄心寺の鐘楼《しょうろう》からだ。

「ああ、もう元旦だ。きょうはこれで帰《けえ》って、一杯《いっぺえ》やってくんねえ」

と、駕籠舁きの手にいくらかの酒手を握らせた。

「こりゃあどうも」

「ありがとうございやす」

駕籠舁きは今宵、いい客に恵まれたようだ。

征史郎はこのあと菊川町の遠山邸に行く。駕籠舁きは増上寺門前から来ている。たとえ駕籠舁きとはいえ、布袋の鋭吾郎一家につながる者に、遠山家との関わりを頭の隅にも置かれてはならないのだ。

山門から鐘楼《しょうろう》と本堂へ、檀家衆がちらほらと出ている。除夜の鐘に身を清め、新年を迎える行事の一つであろう。

墓場に人影はない。灌木群を抜けると、手習い処にかすかな灯りが見える。

照謙はなおも端座の姿勢で待っていた。

火鉢の炭火が暖かい。

酒と肴《さかな》は隅に押しやっているのを見れば、部屋の暖は外から帰って来た者のためであることが理解できる。

「ただいま戻って参りました」

と、征史郎が照謙の前におなじ端座の姿勢をとると、

「ふむ」

照謙はうなずき、

「首尾は？　箕助らは？」

矢継ぎ早に訊いた。除夜の鐘とともに、部屋に座を取ったのは征史郎一人だったことに、照謙の脳裡に瞬時、不吉な予感が走ったのだ。今宵除夜の鐘を手習い処で……と、箕助らと約束していたのだ。ただ、牢破りの策はすべて征史郎に任せた。布袋の鋭吾郎や門仲の市兵衛らが合力していたことも知らない。

「あはは。これはお奉行、でのうて定謙《さだのり》さまでもなく、照謙《しょうけん》さま……」

端座のまま征史郎は、右手で自分の頬をピシャリと叩き、

「増上寺の鋭吾郎と永代寺の市兵衛の合力を得まして……」

と、首尾を詳しく語った。そこに箕助が英淳とともに門仲の市兵衛にかくまわれたことも、耕作、与作、お琴が一家の若い衆と一緒に増上寺門前に帰ったこと、与七と四之平が牢抜けに応じなかったことなど、すべてが網羅《もうら》されていた。

その首尾のなかで、照謙の最も気を引いたのはやはり、夜鴉の与七と白河の四之平が、牢抜けに応じなかった理由だった。

それはいまごろ、布袋の鋭吾郎も門仲の市兵衛もそれぞれに聞いて、

(ますます生かしちゃおけねえ)

思ったことだろう。

除夜の鐘が、百八つめを打ち終えたようだ。

手習い処はまったくの静寂に包まれた。

「うーむ」

照謙はうなり、端座の足を崩してあぐら居に組み替え、

「冷《ひや》でもいいか。腹は減っておらぬか」

「は、ははっ」

征史郎も端座の足をほどき、燗酒《かんざけ》とスルメを焼く準備に入った。火鉢に炭火はじゅうぶんに燃えている。

すぐに燗酒とスルメの焼ける香りが部屋にただよいはじめた。

やがて酌み交わす盃《さかずき》に、

「そなたはいかに解するか。無頼の二人が牢抜けを拒んだことで、飯岡左馬造が取引きを持ちかけたのは推測ではなく、生き証人も現れた」

「御意」

「その目的が金四郎どのを貶《おとし》めることのみか。箕助たちから聞いたであろう。外神田の及川竹全、亀戸の村居樹按、粕壁《かすかべ》の崎谷秋駿と、近ごろ医者に関わるみょうな動きが多すぎる。それらは箕助たちが探りを入れれば判ることもあろう。そなたは金四郎どのと相談し、永代寺から持ち去った女の死体がいずれへ持ち込まれたのかを調べてくれ」

「はっ、承知。私も気になっていたところです」

亀戸天満宮の一件は大番屋の番士たちも聞かされておらず、したがって征史郎もまだ天満宮裏手の黒い板塀に囲まれた家が、誰の住まいか寮かはもとより、その存在すら念頭にないのだ。

「これらの背景になにがあるかを調べれば、こたびの全容が見えてくるかもしれぬ。どうも医者にまつわる不可解な動きの一つひとつが一本につながり、そこになにやら深い霧に包まれた、大きな悪事が隠されているような気がするのだ。それが、英淳どのに死体盗人の濡れ衣を着せ、金四郎どのを追い落とそうとしている策謀と、どう係り合っているかも、はっきりさせたいからのう」

「照謙さま、実は私も、箕助どんたちから複数の不可解な医者の話を聞いてより、さように思いはじめていたのです。あさって、いえ、もうあしたですねえ。箕助どんやお琴さんたちがそれぞれ奥州街道の粕壁と本所の亀戸村に出向き、参考になる材料をつかんで来たなら、全容も見えてまいりましょうか。それにしてもおなじ深川に、似たような不思議が発生していたとは……、亀戸ですか……。菊川町からそう離れてはいません。帰っておやじどのに訊いてみましょう。亀戸村で地元の者に、急によそよそしくなった医者は確か……」

「村居樹按だ。本道（内科）でなかなかの名医と聞く」

「箕助どんたちの話じゃ、庶民に急によそよそしくなった医者は、いずれも土地《ところ》じゃ名医の誉《ほま》れが高いお人ばかりのようで……」

「そのあたりに、なにやら鍵が潜んでいよう」

「さっそく遠山《うち》のおやじどのに、探りを入れられないか訊いてみましょう。あしたの朝じゃなく、英淳どのの牢抜けとあればきょうの朝には南町に通報が入りましょう。元旦早々から、飯岡左馬造どのには気の毒なことで」

「ははは。おぬしらはもっと大変で、大晦日から元旦にかけて寒気のなか、大活躍ではなかったか。金四郎どのはこれから、そなたに叩き起こされることになる。それも気の毒なことじゃわい」

「照謙さまこそ」

言って腰を浮かせ、提灯に火を入れた征史郎に照謙は、

「そうそう、そなたが大番屋の番士たちから聞いた話のう」

「はあ」

征史郎は動きを止めた。

照謙はあぐら居のままつづけた。

「亀戸天満宮前に与力の大野矢一郎たちが打込んだとき、同心の小林市十郎が勢い余って一人を斬殺してしまったというが、その者の名はなんという。いずれ門仲の市兵衛に門前仲町から締め出された連中の一人と思うが」

「あ、そやつの名、聞いておりませんでした。おそらく天満宮門前の自身番が、いずれかへ無縁仏として、処理したのではないでしょうか」

「ふむ」

と、照謙はつぶやくように応じて腰を上げ、手習い処の玄関口まで一緒に出た。征史郎はふり返り、

「その者がなにか……」

「いや、なんでもない。同心の小林市十郎が斬ったというから、そやつめ相当激しく歯向かったのだろうと思うてな」

「おそらく。したが内与力の飯岡左馬造どのに言われたとおり、賊二人を生け捕りにしたのですから、役人の鑑《かがみ》のような働きではございませぬか」

「さよう、あの者たちにふさわしい働きじゃわい」

「それでは私は、これより本所菊川町へ」

「ふむ。ご苦労じゃった。長い時間引きとめて、金四郎どのには悪いことをしてしもうた。これから寝込みをそなたに襲われるのだからなあ」

「ははは。菊川町の大将は起きて待っておいでか、寝ておられても仮眠程度でしょう。なにしろ、跡見英淳先生に関わることですから」

と、征史郎は提灯を前にかざした。

照謙は征史郎の提灯の灯りが、灌木群の中に見えなくなるまで見送った。

灯りが見えなくなった闇に、照謙は思った。

(哀《あわ》れよのう)

小林市十郎に斬られた与太である。死ねばそれまでで、誰に惜しまれることもなく無縁仏となって、存在したことすらすでに忘れ去られている。最後に死体盗人として斬殺されるなど、

(これまでの生きざまも、哀れだったのだろう)

思うと同時に、

(ならば、夜鴉の与七と白河の四之平はどうか。誰にどのような殺され方をするのだろうか)

不意に不安を感じた。

(助けてやりたい)

これも急がねばならない仕事のように思えてきた。

二

朝になった。元旦である。

「へへ、お師匠。永代寺の山門から初日の出を拝むのも、乙《おつ》なもんでしたぜ」

と、箕助が上機嫌で戻って来たのは、照謙も浄心寺の境内から柏手《かしわで》を打った天保十四年（一八四三）の初日《はつひ》も、すっかり高くなってからだった。

境内で初日の光を浴び、本堂で寺僧たちと今年最初の誦経《ずきよう》を終え、手習い処に戻り瞑想に時を委《ゆだ》ねていた。

昨夜の首尾はすでに征史郎から聞いている。おかげで元旦早々から待ちわび、うまく行ったか、みんな無事か、などと幾度も玄関や縁側に出て灌木群のほうへ伸びをすることもなかった。ただ思われるのは、

（金四郎どの、いまごろは城中か。水野忠邦さまや妖怪の鳥居耀蔵と顔を合わせていようかのう）

それだけだった。

老中首座の水野忠邦は忙しく、顔を見ることもなかったが、鳥居耀蔵とは廊下ですれ違っていた。

鳥居は顔をそむけ、そのまま挨拶《あいさつ》もなく通り過ぎようとしたのへ、

「これは鳥居どの。うかぬ顔をされて。正月早々、なにか好ましからざることでも出来《しゆつたい》いたしましたかな」

「いや、なんでもござらん」

と、耀蔵は顔をそむけたまま、そそくさと通り過ぎて行った。すでに大番屋での事件は、外神田錬塀小路の鳥居屋敷にもたらされているようだった。

昨夜ではなく、除夜の鐘のあとだからけさ未明になる。金四郎は征史郎の報告から、鳥居耀蔵が自分を追い落とそうとしている確たる手証を得られたことに、大きくうなずきを入れた。

それだけではない。医者にまつわる一連の不可解な動きから、

「――なにやら深い霧に包まれた、大きな悪事を隠しているような」

と、征史郎から照謙の感想を聞かされ、眠気を吹き飛ばした。

本所菊川町の奥の部屋である。金四郎は夜着に褞袍《どてら》を羽織《はお》り、征史郎は帰って来たときとおなじ職人姿に厚手の半纏を羽織っている。着替えるよりもともかくきょうの登城に備え、報告しておかねばならないのだ。

そのこともあり、本所浄心寺の手習い処に出入りする元無宿や娘義太夫たちが、正月早々に不可解な医者たちの背景を探るべく、奔走しようとしていると征史郎が語ったとき、金四郎は照謙にことさら頼もしさを覚えた。もちろん征史郎は金四郎に、元無宿の箕助、耕作、与作や娘義太夫のお琴らの昨夜の活躍ぶりも

余すことなく話していた。特に箕助などは、征史郎と一緒に大番屋に忍び込み、牢屋の手前まで忍び足を印《しる》しているのだ。

それを聞いた金四郎は、

「――うーむ。わしのお株を、幽霊の照謙どのに奪われてしもうたかのう」

と、苦笑したものだった。

征史郎はそのとき返した。

「――御意」

箕助の動きである。門仲の市兵衛一家に厚遇され、上機嫌で帰って来て玄関口で照謙に問われるより早く、

「門仲の市兵衛親分が、あとはすべて任せておけって。お医者の英淳先生も安堵の表情でくつろがれ、いまは寝ておいでできあ」

言いながら居間に上がり、疲れたようにあぐら居に腰を下ろした。

照謙が労《いたわ》るように、

「燗酒も焼いたスルメも餅もあるぞ。昼には寺男の平十が、雑煮を鍋《なべ》ごと持って来てくれるからな」

「さようですかい。ありがてえ。門仲じゃ酒が出るわ出るわで、もう、うんざりしてたんでさあ」

言うなり湯呑みにあったぬる燗を一口であおり、そのまま音を立てて仰向《あおむ》けになってしまった。

顔をのぞきこむと、目は閉じているがまだ起きているようだった。

声をかけた。

「で、与七や四之平の一件だが、門仲の市兵衛に話したか」

「むろんでさあ。親分も若い衆らも残念がり、放免になったりするのなら、その日時を調べてくれねえか……と」

「そういう返事だったか」

得心したように返した。門仲一家はあの生き残った二人を、あくまで自分たちの手で始末したいようだ。

（よかろう）

と、店頭《たながしら》一家の私的な制裁を肯是《こうぜ》し、

「わしもなあ、気になっておったのじゃ。征史郎どんで調べられるようなら、頼んでおこう。始末をつける策は、そのときに、またな……」

照謙はお上《かみ》の立場からではなく、すっかり市井《しせい》に足を置いた発想をしていた。これも箕助やお琴たちと付き合っているせいであろう。

返事はなく、いびきが聞こえてきた。

「そのままじゃ、風邪を引くぞ」

照謙はつぶやき、掻巻《かいまき》をそっとかけてやった。大立ちまわりはなかったものの、牢破りという生まれて初めての大仕事をやってのけたのだ。

待つ身であった照謙も疲れている。もう一枚の掻巻を引き寄せ、自分もその場にごろりと横になった。すぐに寝入った。このような場面は、手習い子たちに見せられたものではない。正月を迎え、灌木群に囲まれた手習い処は、静寂のなかにたたずんでいる。

二人が寺男の平十の声で目を覚ましたのは、太陽がすでに中天を過ぎた時分だった。熱い雑煮が入った鍋を提げている。

「あれあれ、主従そろって朝寝とは、ほんにいい正月を迎えてござる」

眠そうに上体を起こした照謙と箕助へさらに、

「午前《ひるまえ》にも一度来ましたじゃ。もうすっかり寝ておいでで。汁が冷めてしまいましてなあ。温めなおしましたじゃ」

鍋の湯気がかつお節を煮込んだ香りをただよわせ、夜に飲んだ燗酒とは別種の、新鮮な食欲をそそる。

「さあ、椀と箸はそこのを使って。おっ、炭火だけは十分じゃな。ほう、餅を焼く金網もそろうてござる。これならすぐ焼けましょうぞ」

言いながら五徳《ごとく》の上に金網を置き、あとは餅を載せるだけにして、

「まあ、きょうはゆっくり過ごしなされ。墓場はともかく、灌木の中にまでお住《じゅう》も学生《がくしょう》さんたちも来ませんじゃろから」

と、手ぶらで帰って行った。

「おーっ、ありがてえ。平十さんよう」

箕助が搔巻をはねのけ、さっそく餅を金網に載せた。

箕助の声は、玄関口を出たばかりの平十の耳に聞こえていた。城中では遠山金四郎と鳥居耀蔵のあいだに、険を含んだ応酬《やりとり》があった時分のことだが、手習い処ではすぐに餅の焼ける香りが部屋に漂いはじめた。

照謙も頰をゆるめた。

この光景は、浄心寺での手習い処の居心地のよさを示していた。住持の日舜は照謙の事情のすべてを知っている。知った上での照謙のための手習い処開設だっ

たのだ。だから照謙も征史郎も、牢破りの指揮所を浄心寺の手習い処に置くことまでできるのだ。

檀家の子たちが通ってくる手習い処が、牢破りやこれから不可解な医者の背景を探る拠点になろうとしていることまでは、日舜とて知らないだろう。だが、幽霊奉行がなにやら動いていることは気づいている。それについても、

（あのお方のやりなさることじゃ。大いにやりなされ）

日舜は心に念じている。

だからたとえ勧善懲悪の範囲を超越した牢破りの事実を聞いたとしても、

『さようか』

と、平然と答えるのみだろう。平十が聞いたならそれこそ仰天し、竹箒を放り出してその場に卒倒するかもしれない。

庶民感覚では、それほどの仕事に箕助は加わったのだ。だがそんな自覚はなく、朝寝から覚め、かつお節の香りがする雑煮の餅を焼いている。照謙の影響か、もうすっかり幽霊奉行照謙の岡っ引になったようだ。下っ引の耕作と与作、それにお琴も似たようなものである。かれらに共通しているのは、照謙が生身の幽霊奉行であるのを知らないということである。照謙はあくまで、得体の知れな

い手習い処の師匠なのだ。

餅が焼けた。かつお節の香りがただよう椀に、焦げた匂いがする餅を入れる。でき立ての雑煮ほど、素朴で旨《うま》いものはない。よく焼いた餅はまた、よくのびる。それに熱い。

照謙は言った。

「箕助」

「へえ」

「きょうはほんに、正月じゃのう」

「はあ、さようで。アチチ」

喰ってはまた寝た。

元日はまったくのんびりと過ごした。あす二日からは、また箕助たちには探りの仕事が待っている。照謙もまた、手習い処でやきもきしなければならない。

三

寝正月で遅くなった午《ひる》に雑煮を喰い、そのまままた寝てしまい、日の入り前に目が覚めると、平十が精進料理を運んで来た。箕助と突《つつ》きながらまた酌み交わし、また存分に寝た。

手習い処が寝正月を満喫しているとき、菊川町の遠山邸は動いていた。

征史郎は除夜の鐘のあと、手習い処から菊川町に戻り、金四郎にこれまでの経緯を話したあと、ようやくぐっすり寝ることを得た。

だが、初日の出のころには目が覚め、近くの亀戸天満宮へ初詣《はつもうで》に出かけた。天神さまのお導きか、開いていた茶店で、数日まえの深夜に黒板塀《くろいたべい》の中に大八車からなにかの荷が運び込まれ、同時に年末というのに若い医者の出入りがあり、

「――それがなにやら慌ただしく、不気味な感じだった」

とのうわさがながれているのを耳にした。

その黒板塀が、幕府の御典医で加来基頼《かくきらい》の別邸であることなど、征史郎には調べなくても分かっていることだった。とくに将軍家の御典医は御匙《おさじ》といい、医者では最高位の地位とされていた。近辺では黒板塀を〝御匙さま〟と称《よ》んでいる。

俄然、天保十四年の元日は征史郎にとって、遠山邸の奉公人を動員しての聞き込みの一日となった。

元日を寝正月で過ごした箕助は、さすがに若いせいか二日の朝は年末以来の疲れを吹き飛ばし、

「おおう、箕助。もう起きていたか」

と、照謙が夜着のまま縁側に出ると、紺看板に梵天帯の中間姿になり、手習い処前の庭掃除をしていた。台所には味噌汁の鍋が湯気を立て、ご飯も炊いていた。

照謙は縁側に立ったまま、

「中間姿か。おまえ、きょうは耕作と与作を連れ、粕壁まで崎谷秋駿なる医者の背景を探りに行くのじゃなかったのか。中間姿ではなく、旅姿ではないのか。そう遠くはないから、職人姿でもいいが」

「へへ、お師匠。けじめでさあ、けじめ。あっしゃあ、あくまで此処《ここ》の中間でさあ。耕作と与作が来りゃあ、手甲脚絆《てっこうきゃはん》に道中笠の旅人姿を拵《こしら》えまさあ。ともかく出発点は、手習い処でやすから」

「ふむ」

照謙はうなずき、自分がまだ夜着のままでいるのが、中間姿で竹箒《たけぼうき》を持つ箕助に恥ずかしく思った。

居間に戻り、いつもの軽衫と筒袖に着替えてふたたび縁側に出た。休暇中ののどかな手習い処の風景で、おととい重大事のあったことなど、まったく感じられない。

箕助が朝の庭掃除を終え、ふたたび照謙も居間に戻り、朝の腹ごしらえに入った。温かいご飯に熱い味噌汁に香《こう》の物といった朝餉《あさげ》は、久しぶりのような気がする。箕助の手並《てなみ》も簡単な朝餉とはいえ、なかなか板についたものだった。もちろん料理だけでなく、岡っ引としての働きにも、

「まったくおまえは、器用な男じゃのう」

照謙は心底《しんそこ》から目を細めた。

「へへ、お師匠にそう言われりゃあ、此処《ここ》の中間冥利《みょうり》に尽きまさあ」

「ふむ」

箕助の言葉に、照謙はうなずきを入れた。箕助は単に〝中間〟ではなく、〝此処の中間〟と表現し、それで〝冥利に尽きる〟と言ったのだ。

照謙の手習い処は、浄心寺の檀家の子たちのためであることを、箕助は理解している。だが、

（この旦那、それだけじゃあるめえ）

確信している。しかも背景を気にしながらも、

(それはお師匠のためにも、詮索しちゃいけねえ)

ことも、承知している。

まして一昨夜の牢破りなど、人に言える所業ではない。だが、悪事を働いたのではない。跡見英淳なる医者を救出する善行だったのだ。きょうもまた、不可解な医者の動きの背景を探りに行く。

(世のため)

である。

その元締《もとじめ》が、

(此処のお師匠)

そこに箕助は〝冥利に尽きる〟と言ったのだ。

照謙がうなずいたのは、箕助のそうした心境に対してだった。

箕助が朝餉のあとかたづけにかかろうとしたとき、

「お師匠《しよ》さん、箕助さーん。おいでですかあ」

手習い処の玄関口から、華《はな》やいだ声が聞こえた。お琴だ。ということは、耕作と与作も一緒のはずだ。

まだ台所でかたづけの途中だったが、

「おぉう。おめえたち、早《はえ》えじゃねえか。向こうを暗いうちに発《た》ったかい。まあ、上がって休んでいけ」

箕助が言ったのへ照謙もうなずき、居間に上がったお琴が、

「あらら。かたづけ、まだだったのね」

言うと耕作も与作も手伝い、朝餉のあとかたづけどころか、部屋の掃除までしてしまった。

居間で軽衫に筒袖の照謙を中心に、それぞれが円陣に腰を下ろした。耕作と与作は股引《ももひき》に着物を尻端折《しりはしょり》に手甲脚絆を着けた旅姿で、振分荷物《ふりわけにもつ》を脇に置いている。箕助もお琴らが部屋の掃除をしているあいだに、旅支度を整えていた。お琴も着物の裾をたくし上げ、花柄模様の手甲脚絆に手拭いを姉さんかぶりにしている。

照謙は真剣な表情になり、

「おまえたちには、本当に有難いと思うておるぞ」

「へへん、お師匠。これって世のため人のためじゃねえですかい。医者が近くにいるってえのに、診《み》てもらえねえなんざ、どう考えてもおかしいですぜ」

箕助が返し、お琴も、

「そう。おサキちゃんの従姉妹《いとこ》のお千ちゃんていう子、大丈夫かしら。早《はよ》う亀戸村に行って事情を訊かなくっちゃ。お師匠《しょ》さん、それが分かれば、なんか手を打ってくださるんでしょうねえ」

この時点では、亀戸天満宮裏の黒板塀の存在を、手習い処の面々は照謙を含め、まだ知らされていない。

「そりゃあ。まあ」

きょうの目的は、まず亀戸村と粕壁宿の背景を探るところにある。それが困っている患者をただちに助けることになるかどうかは、まだ分からない。場合によっては背景が複雑で、問題の解決が持久戦になるかもしれない。お千をすぐに救えと言われても、照謙はあいまいに応える以外にない。その場でいい返事をすれば、それこそ無責任というものである。

「さあ、みんな。もう陽があんなに高くなってらあ。行こうかい」

箕助の号令で、

「おうっ」

耕作と与作もお琴につづき、腰を上げた。

きょうお琴は山本町の八百屋の娘おサキを連れ、亀戸村のお千という従姉妹を見舞い、急に土地の住人を診なくなったという医者、村居樹按の周辺に聞き込みを入れることになっている。

「近いから、夕方には帰って来ます」

お琴は言う。

箕助と耕作、与作の三人は、奥州街道の粕壁宿まで行き、多くの患者を残したまま消えた崎谷秋駿なる医者の背景を探ることになっている。

「こっちもそう遠くはありやせん。きょう陽のあるうちに着き、早ければあしたの夕刻には帰《けえ》って来まさあ」

箕助が言ったのへ耕作が、

「そりゃあ兄イ、急ぎ旅になるぜ」

「だったら、早《はよ》う」

丸顔で常に動作に余裕のある与作が、珍しく一行を急《せ》かした。

照謙は玄関まで出て、

「みんな、無理をせずにな」

と、見送った。こたびは聞き込みが中心になる。命のやりとりになるような場面は考えにくい。だが、なにが起こるか分からない。灌木群に一行の背が見えなくなったとき、照謙はまた胸中に念じた。

（やつらこそ、江戸には必要な者たち。忠邦さまのご改革……いかがなものか）

箕助たち三人は無宿者として役人に追われ、お琴は奢侈《しゃし》の対象としてなかばお尋ね者となっているのだ。

視界にある灌木群は冬に緑はなく、いずれもが立ち枯れている。

その殺風景ななかに、ふとよみがえった。

立ち枯れた灌木群に向かってつぶやいた。

「さあ、来るなら来よ。いまはわし一人だ。こんな機会はめったにないぞ」

ときおり身辺に見え隠れする、あの二つの黒い影である。年末に見かけなかったが、正月のいまも気配はない。

照謙は胸中に呼びかけた。

（江戸家老の服部正綏《はっとりまさやす》どのの手の者か、それとも桑名から来た国家老の吉岡左右介《よしおかそうすけ》どのの配下か。人並みに年末年始だからと休んでたんじゃ、刺客《しかく》の務《つと》めは果たせぬぞよ）

灌木群に反応はない。だが、葉は枯れても次の季節に向けて立っている。そのような灌木群が、頼もしく見えてきた。

四

太陽はまだ東の空だが、お琴とおサキはすでに亀戸村に入り、お千を見舞った。浄心寺裏手の山本町の八百屋は、親戚のお千はむろん心配だが、お琴が一緒でも八歳のおサキを亀戸村まで出すのは心配だった。

亀戸村の百姓代の家は、若い娘のお琴を知らない。おサキだけではじゅうぶんに説明できないだろう。聞き込みに村を挙げて合力するにも、やはりお琴の素性を説明できる大人の存在が必要だ。

「わしも行こう。お千も心配だし、あそこの樹按先生、話を聞いただけじゃが、どうも腑に落ちんでのう」

と、父親の茂市郎が言い、八百屋は母親のお栄がみることになった。

昨年暮れ、山本町の住人が無理やり立ち退きを迫られたとき、手習い処の師匠が奔走し住民を救ったことは、八百屋の茂市郎とお栄の夫婦を通じて亀戸村にも伝わっている。

『そのときお師匠の手足となって動いたのが、このお琴さんでのう』

と、茂市郎が言えば、亀戸村の百姓衆は若いお琴を信用するだろう。お琴が箕助らと照謙の手足となって、山本町を救うため奔走したのは事実なのだ。

茂市郎が亀戸村の住人たちにお琴を引き合わせているころ、奥州街道の粕壁宿に向かった箕助と耕作、与作の旅姿の三人は、ようやく千住大橋《せんじゅおおはし》を渡り、江戸府内を出ていた。

午前《ひるまえ》である。陽が中天にかかるにはまだいくらか間のある時分だった。

手習い処で照謙は一昨夜のように端座こそしていなかったものの、

(みんな、頼むぞ)

胸中に念じ、落ち着かなかった。

元旦未明に、金四郎は征史郎から詳細を聞いていよう。どのような反応を見せたか気になる。自分が生身の幽霊となったいま、正面切って南町奉行の鳥居耀蔵と渡り合えるのは、北町奉行の遠山金四郎しかいない。

手習い処の縁側から、

(やはり刺客も宮仕《みやづか》えか。新年の諸行事に忙殺され、暗殺どころではないか)

口元をゆるめた。みずからもかつては武家のしきたりに翻弄《ほんろう》されたものだった。世間に対しては幽霊となったいま、それらのすべてから解放されている。そのことに口元をゆるめたのだ。

立ち枯れた灌木群に、

「おっ」

人影だ。墓場のほうから荘照居成の前を過ぎ、足早に近づいて来る。

緊張は瞬時だった。縁側から伸びをし、影に向かって声をかけた。

「おぉう、待っておったぞ！」

「へへ。正月ったって、のんびりできやせんや」

と、影は職人姿の谷川征史郎だった。

箕助らを送り出したあと、征史郎の来るのを一途《いちず》に待っていた。

灌木群に怪しい影はないか視線をながし、

「さあ、上がれ。菊川町はどう動いておる」

「へえ、それを話しとうて」

言いながら居間で二人はあぐらに足を組み、対座するかたちになった。火鉢の五徳に載せた薬缶《やかん》の湯が沸騰せず、逆に冷めたりもしないように、うまく炭火に灰をかぶせている。

「さあ、聞こう」

照謙は手で示した。

「はっ」

征史郎はうなずき、

「遠山《うち》のおやじどのは、跡見英淳どのを大番屋に引いたのが、鳥居耀蔵が自分を陥《おとしい》れようとする策の一環だったことに……」

あきれ顔になったという。

英淳がいま永代寺門前の門仲の市兵衛一家にかくまわれていることに、金四郎は安堵の表情になり、

「――いましばらく市兵衛には、よろしゅう頼むと言っておけ。英淳どののご家族には、わしから人を遣《や》って、無事なことを伝えておこう」

「――はっ、よしなに」

これが元旦未明に屋敷に戻った征史郎と、待っていた金四郎とのあいだに交わされた言葉だった。

金四郎は元日に登城して廊下で鳥居耀蔵と出会ったとき、〝なにか好ましくな

い事件でも……〟と声をかけると、耀蔵は顔をそむけたまま〝いや、なんでもござらん〟と、そそくさとその場を去ってしまったのだ。金四郎は跡見英淳が牢抜けしたことを知っていて声をかけたのだから、きつい皮肉というほかはない。耀蔵にすれば、金四郎追い落としの策は、けさ早く大番屋から跡見英淳失踪《しっそう》の報告を受けた時点で頓挫《とんざ》していたのだ。

「そのあとです。思いがけない事実に突きあたりまして」

征史郎は言い、

「ふむ」

と、照謙は上体を前にかたむけた。

征史郎が屋敷から近い亀戸天満宮へ初詣に出かけ、茶店でうわさを聞き、屋敷の奉公人を差配し、元日早々に聞き込みを入れた結果を語った。

年末の慌ただしい日に、天満宮門前の片隅に住みついている、与太の荷運び屋のねぐらに捕方が踏み込み、一人がその場で斬殺され、二人が縄を打たれ、いずれかへ引かれて行ったというのだ。

一人がその場で斬殺され、お縄になったのは二人……。

（夜鴉の与七と白河の四之平ではないか。捕物現場は亀戸天満宮だったか）

思いながら聞き込みをさらに入れると、路地裏の小ぢんまりとした小さく粗末な一戸建てに、確かに大八車を玄関前に置き、男三人が寝起きしていたという。荷運びの商《あきな》いで天満宮裏手の黒板塀の寮に、よく出入りしていたらしい。永代寺の死体をそこに運び込んだという確証はない。見ていたのは永代寺から尾行した内与力の飯岡左馬造の配下たちである。いずれも役人と捕方だが、奉行所が黒板塀の中に手をつけようとしないのは不自然だ。荷運び屋への打込みに動員されたのが、無類の忠義者である大野矢一郎と小林市十郎だった。

黒板塀の寮は、調べるまでもない。おなじ本所であり、金四郎も場所を聞けば当然知っていた。

死体はその黒板塀の中に運び込まれたと踏んで、間違いないだろう。だが、驚きである。

照謙は沈んだ声で言った。

「なるほど、荷運び屋のねぐらに踏み込んでも死体はなく、いまだに出て来ない。運び込まれた所は、町のうわさのとおりだろう。鳥居耀蔵は依頼主を跡見英淳どのに仕立て、金四郎どのを陥れる以外にも、黒板塀を何事かに利用しようとしている。そういうことか」

「そう解釈されます」

「金四郎どのは、そのことをご存じなのか」

「すでに登城されたあとで、伝えるすべは夕刻の下城を待つ以外にありません」

「よし。それでよし。よく知らせてくれた」

「はっ」

「さらに見えて来たのう。といっても、妖怪がいよいよ大それたことを企《たくら》んでいるということまでじゃが。具体的には、お琴や箕助らが戻って来れば……。少なくとも、判断の材料は得られよう」

「御意」

征史郎もそこに期待した。

亀戸天満宮裏の黒板塀の内側は、御匙の加来基頼の寮なのだ。むろん拝領屋敷はもっとお城に近い所にある。専門は本道(内科)だが、金瘡(外科)や眼医者や鍼師《はりし》、骨接ぎなどを呼ぶ必要がある場合でも、まず基頼が診てから判断するのが恒例《こうれい》となっている。

その加来基頼の名を、ご法度がらみで口にするなど憚《はばか》られる。奉行所の者ならなおさらである。

浄心寺の手習い処でもその地位に敬意を表し、〝あのお方〟とか〝御匙さま〟と称《よ》んでいた。むろん勘定奉行、南町奉行などを歴任した矢部定謙こと照謙は、加来基頼を直接知っており、その人物は決して悪くないのだ。

照謙は声を落とした。

「あのお方のことだ。本宅ではなく天満宮裏の寮に若い女の死体が運び込まれたということは、純粋に腑分《ふわ》けのためじゃろ。あのお方なら手をまわせば、死体はいくらでも手に入ろう。したが、それらは男のものが多く、しかも仕置場で幾度も試し斬りにされ、首と胴が離れているのはむろん、身体そのものが斬り刻まれ、とても医者の求める腑分けの用は成さないゆえのう」

「私もさように思います」

征史郎は返し、身をぶるると震わせた。

座に数呼吸の沈黙がながれ、照謙はふたたび口を開いた。

「あの広大な敷地の中で、代脈（助手）たちを集め、腑分けはすでになされ、本邦の医術の質を一段と高められたことだろうが、そのお方がなにゆえあのような無頼の徒に死体の調達を依頼されたのか」

「おなじ天満宮の裏と表で、近かったからとしか想像できません。寮の奉公人のなかで、荷運び屋の三人を知っている者がいたのでしょう」
「おそらく、そういうことじゃろ。したが、将軍家の御匙ともあろうお方が、軽率《けいそつ》というほかない。鳥居耀蔵がそれを知って英淳どのに罪をなすりつけようとしていたのは、金四郎どのを陥れるだけじゃのうて、ほかにもまだあろうて。金四郎どのはきょうも城中で、妖怪めと顔を合わせていようが、さあて……」

改革を推し進めている最中とあって、二日に早くも勘定奉行、大目付、寺社奉行、それに北町奉行と南町奉行が、本丸を離れた城内竜ノ口《たつくち》の評定所《ひょうじょうしょ》で、老中首座の水野忠邦の面前に顔をそろえていた。

話は予想されたとおり、
「われらが今日あるは、ひとえに将軍家の御恩、将軍家の明日はわれらが進める改革の成否《せいひ》にかかっております。おのおの方はその役務《やくむ》を全《まっと》うされ、将軍家を安《やす》んじ奉《たてまつ》られんことを望む」

と、幕閣たちを督励《とくれい》した、短いものだった。

谷川征史郎が御匙の加来基頼の、こたびの事件への係り合いを聞き込んだのは、金四郎が登城したあとのことで、金四郎の耳にはまだ入っていない。報告を受けるのは、夕刻近くに下城してからになるだろう。

評定所で水野忠邦の正面に、遠山金四郎は鳥居耀蔵と並んで端座していた。横並びで互いに顔が見えず、表情が読めない。

その状況下に、腹の探り合いをしていた。鳥居耀蔵は、大晦日の夜に跡見英淳が何者かの手引きによって牢抜けしたことを伏せている。

(おもてにすれば、おのれの悪事が露顕《ばれ》るからだろう。ならば、その苦肉の策に乗ってやってもいいぞ。ともかく向後、英淳どのがつつがなく医事で世のため尽くせる環境に戻すためにのう)

金四郎が思えば耀蔵は、

(どこまでつかんでおる。なにを知って知らぬふりをしておるか。この策士め)

などと、おのれの所業を棚に上げ、金四郎の腹の内を探ろうとしている。

忠邦が訓話を終え、それぞれが本丸の行事に戻るときも、金四郎と鳥居耀蔵は言葉を交わすこともなかった。とりわけ耀蔵は、故意に金四郎と目を合わすのを恐れているようだった。

五

　征史郎は照謙に、加来基頼が死体の盗難に係り合っていそうなことを告げると、

「早《はよ》う遠山《うち》のおやじどのにも報告したいのですが、城中じゃ近寄ることもできませぬ。下城は陽が西の空にかたむいた時分ゆえ、それまで手習い処《こ》でお琴からのつなぎを待つか、それとも私も亀戸村に出向こうかと思っております」

　股引に腰切半纏を三尺帯で決めた職人姿だが、いまは照謙と二人だけだから、自然と武家言葉になっている。

「ふむ。なれど、お琴が金四郎どのの下城より早う帰って来るとは限らんぞ。場合によっては、あしたになるかもしれぬ。それに亀戸村の件は、お琴に任せておけばいいのでは」

「ならばそれがしはひとまず引き揚げ、あしたまた参りましょう。そのとき、きようのご城内の動きも報告できると思います」

「ふむ。おもしろい話が聞けそうだのう」

「おそらく」

征史郎は応え、職人姿のまましばし手習い処にくつろいだ。

そのなかに照謙は言った。

「あのなあ、征史郎……」

「はっ」

征史郎は返したが、そのあとに照謙の言葉はなかった。忙中《ぼうちゅう》に閑《かん》ありの場で、照謙は征史郎に、桑名藩と思われる刺客の出没を話そうとしたのだが、

(金四郎に心配をかけてはならぬ)

そう思ったのだ。

「のどかな正月だが、落ち着かんなあ」

「へえ、さようで」

征史郎は職人言葉で返し、首をかしげた。

陽が西の空にかたむくころまで、征史郎は手習い処でくつろいだ。まさに忙中閑ありだった。手習いが始まれば、ここでそうのんびりできなくなる。

「征史郎、もうそろそろではないか。下城の時刻さ」

「そうですねえ。あした、また参ります」

照謙が言ったのへ征史郎は返し、腰を上げたときだった。

「お師匠さま！　居なさるかあっ」

玄関から息せき切った声が飛び込んできた。

「おっ、あれは」

「あっしが見てめえりやしょう」

ちょうど腰を上げたばかりの征史郎が、職人言葉に戻って玄関に向かった。

声は、お琴とおサキの二人と一緒に亀戸村に行った茂市郎だった。おサキの父親である。

それがお琴ではなく、茂市郎が手習い処に駈け込んだ。

（なにか異変が！）

照謙も腰を上げ、征史郎につづいた。

征史郎と照謙が玄関の板敷に立つなり、

「お師匠、大変じゃ。お琴さんがいま門仲の親分さんのところへ！　間に合えばいいのじゃが」

異常だ。

「どういうことだ。落ち着いて話せ」

「へい」

茂市郎は、玄関の土間に立ったまま話しはじめた。

照謙と征史郎は、板敷に立ったまま聞いた。

山本町の八百屋を出るときから、おサキとおない年で八歳のお千の容態が気がかりでならなかった。亀戸村の百姓代から、通夜《つや》の知らせは来ていない。

「──まだ生きている」

茂市郎は急ぎ足になり、手甲脚絆のお琴は着物の裾をたくし上げ、おサキはなかば駈け足となった。

亀戸村に着いたのは、陽が中天にさしかかろうかといった時分だった。

百姓代の家では茂市郎が来たことを喜んだ。その百姓代が、茂市郎の兄である。

きのうまでお千は小康《しょうこう》状態を保ち、まだ起き上がれないものの家族や村の者は、この分ではとひと安堵していた。ところがけさになって急に高熱を発し、意識も朦朧《もうろう》となり、ただうめくばかりとなった。

家人と村人は件《くだん》の村居樹按の療治処の門を叩いた。

やはり女中頭《じょちゅうがしら》のような女が出て来て、

「――あなたがた、うるさいですよ！　先生はこれからさる高貴なお屋敷に、往診にお出かけになるのです」

言うと音を立てて潜り戸を閉めてしまい、取り付く島もなかった。

村の女たちが幾度も濡れた手拭いでひたいを冷やし、肩や胸の汗を拭《ぬぐ》った。

療治処の門が開き、最近取り入れたばかりの権門駕籠が出て来た。見慣れぬ代脈が二人、権門駕籠の左右を固め、屈強な下男が二人、駕籠の前を進み、背後にはこれも村に馴染みのない若い女中がついていた。以前からいた、村人に馴染みのある女中や下男は、いることにはいるらしいが、ほとんど顔を見せない。

「――お願《ねげ》えです、樹按先生！　薬湯の一杯なりともっ。うちの、うちのお千が死にそうなんですうっ」

百姓代は権門駕籠に取りすがろうとした。

駕籠の網代窓《あじろまど》が動き、樹按の顔がちらと見えた。代脈の一人がそれを外から勢いよく閉め、もう一人が、

「――先生はいま、さるお大名家へ往診に行かれる。邪魔立てすると、いかなるお咎《とが》めがあるか分からんぞ！」

屈強な下男が二人、足蹴《あしげ》にこそしなかったものの両脇から百姓代を抱え込むように道端へ投げ捨てた。

外神田の武家地で、及川竹全が町場の患家の親子に見せたのと、似たような光景だ。異なるところといえば、竹全はみずから町場の患家を追い払おうとしていたが、亀戸村の樹按は、網代窓から困惑した表情を見せたことだ。

数人の村人が百姓代を助け起こし、

「――いってえ、樹按先生はどうなされた」

「――確かに駕籠に乗っておいでじゃった」

言っていたが、もう樹按の往診は不可能と思わなければならなかった。

村人のなかに、

「――亀戸天満宮に、偉い先生がおいでじゃと聞いたことがあるぞ」

「――無理だ。あそこの先生は、将軍さましか診なさらんお方じゃ」

天満宮へ走ろうとした村の健脚自慢の若者が、その足を止めた。

村に医者を呼ぶ方途がない。

そのようなところへ、茂市郎とお琴とおサキは飛び込んだのだった。

話を聞くなりおサキは顔色を変え、

「——お千ちゃーん」

履いて来たわらじをはね上げ、奥の部屋へ飛び込んだ。

「——お千ちゃん、お千ちゃん。しっかりしてえっ」

枕元に崩れこみ叫びながら取りすがるおサキに、

「——お・サ・キ・ちゃ・ん」

「——おぉぉぉ」

意識朦朧とし、ただ苦しそう喘《あえ》いでいたお千が、反応した。

だが、峠を越し回復に向かったのではない。仲良しのおサキの声を聞き、そこにのみ意識を取り戻したのだ。お千を頑張らせるには、いかなる看護よりもおサキがそばにいて、励ましつづける以外なさそうだ。

亀戸村の衆には初対面のお琴が、

「——ここからちょいと遠《とお》うございますが。深川の永代寺ご門前に、本道の名医が座《お》わすのを知っております。よければあたしがひと走りして……」

おといの夜、茅場町の大番屋から救出した跡見英淳である。

すかさず茂市郎が、深川山本町に起こった、理不尽な立ち退き騒動のときに奔走し、町を救った一人だ、とお琴を村人に引き合わせた。

「――この若い娘さんが」

と、村の衆は驚きとともに得心し、お琴の話に期待した。

おサキがそのままお千の枕辺《まくらべ》に残って名を呼びつづけ、お琴は町駕籠を駆って門仲の市兵衛のねぐらに走り、市兵衛と英淳に合力を求め、茂市郎が事態を照謙に知らせるべく浄心寺に走る……。

「と、そのようにまとまりやしてっ、へえ。それでわしがここまで、走って来やした次第でございますうっ」

息もたえだえとはこのことだろう。茂市郎は言うなり玄関の板敷に尻もちをつくように座りこみ、あらためて大きく肩で息をしはじめた。

征史郎は照謙と顔を見合わせ、

「ちょいとあっしが永代寺まで」

「ふむ」

職人姿で動作は速い。照謙がうなずいたとき、もう玄関口を飛び出していた。

征史郎が手習い処に帰って来たのは、陽が西に沈もうとしていたときだった。

茂市郎はとっくに山本町の八百屋に帰っていた。

こんどは征史郎が玄関に立ったまま、板敷に立つ照謙に話しはじめた。

「確かにお琴は、門仲の市兵衛のねぐらに駈け込んでおりました。英淳どのは話を聞くなり、捨て置けぬとお琴に症状を聞き、門仲の若い衆にその場で薬草をそろえさせ、市兵衛は英淳のために町駕籠を一挺用意し、お琴は待たせていた駕籠に乗り、すでに亀戸村へ発ったあとでした。帰りは暗くなっていようからと市兵衛は、若い衆二人をお琴たちにつけたということです」

「ふむ、英淳どのらしいのう。市兵衛もようやってくれる。で、おぬしはこのあとどうする」

「はい。亀戸村へ走って首尾を確かめたいところですが、加来基頼どのの一件も遠山《うち》のおやじどのに話しておかねばなりませぬゆえ」

「よし、わかった」

「あしたまた参ります」

「待っておるぞ」

照謙はその言葉を征史郎の背にかけるかたちになった。

「忙しい男よなあ、おぬしも」

背が見えなくなった空間につぶやき、

（早ければ箕助たちが、あしたの夕刻には帰って来よう。わしはいい仲間たちに恵まれたものよ。これも生身の幽霊になり、すべての役職から離れたせいかのう）

念じながら居間に戻った。

金四郎が加来基頼の話を聞けば、鳥居耀蔵との関わりをどのように推測するか……。亀戸村のお千とやらの容態はどうか……。気になることが多すぎる。

（生身の南町奉行だったときより、現在《いま》のほうが忙しいぞ）

火箸《ひばし》で火鉢《ひばち》の炭火をほじくった。

六

翌三日の午前《ひるまえ》だった。

茂市郎が来た。

さきほど亀戸村から遣《つか》いの者が来て、

「おサキ坊の必死の呼びかけがよかったらしいじゃ。それに、英淳先生は名医ですわい。お琴さんもようやってくれやした。明け方には熱が下がり、粥《かゆ》をすこし食べましたそうな」

英淳の調合した薬湯と、周囲の看病がよかったせいか、お千の熱は峠を越したようだ。

茂市郎はさらに言った。

「遣いの話じゃ、村居樹按先生は何者かに脅《おど》され、療治処を乗っ取られてしまわれたそうな。じゃが、ときおり権門駕籠に乗っていずれかへ出かけておいでなのが、どうも解《げ》せぬとあの村の衆は言っているそうな。ともかくおサキを一人向こうに残して来たので、これからまた亀戸へ迎えに参りますじゃ」

お千が回復に向かっているせいか、茂市郎はきのうと打って変わり、いつものゆっくりと余裕のあるもの言いになっていた。

茂市郎は村居樹按について奇妙なことを言ったが、お琴が現地で調べ、きょう中に帰って来ようか。

そのお琴が一人で歩いて帰って来たのは、陽が西の空に入った時分だった。跡見英淳と茂市郎、おサキはまだ亀戸村にいて、お千を診ているそうな。

「親戚のお百姓代さんの家を手始めに、村のお人らに訊いてまわりました」

と、さっそくお琴は居間で火鉢を挟んで座るなり、照謙の聞きたいことを話しはじめた。

「村居樹按先生の療治処は何者かに乗っ取られ、先生はその監視下に置かれ、ご自分の動きがとれないらしいですよ」

遣いの者が茂市郎に語ったのを、裏付ける内容だった。もちろん、それより詳しく聞き込んでいる。

「去年の煤払《すすはら》い（大掃除、十二月十三日）のころだったといいますから。十数日か二十日ほどまえになります。いきなり若い代脈や下男を名乗る屈強な男、それに女中が六、七人も療治処に乗り込んできて、診療から往診まですべて取り仕切るようになり、ご家族や以前からいたお女中や下働きの男衆《おとこし》さんたちはまだ療治処にいなさるそうですが、ずっと屋内に閉じ込められたような状態になっているそうです。以前からの女中さんから直接話を聞いた人がいなさるそうで。それからは在所の患家まわりはなくなり、外来もすべて断っているそうです。それでお千ちゃんも診てもらえなかったそうです」

「乗っ取ったのは何者だね」

「それが分からないそうで。なんでも筆頭の代脈や歳経《としふ》った女中は、村のお人らに村居どのは、こんな田舎に暮らすような医者じゃない、などと言っているそうなんです」

「亀戸村には第二、第三のお千が出ているということだな」

「はい、亀戸村だけではありません。近在の村々も、町場から通って来ていたお人らも、すべて見捨てられたようになってしまったそうです」

「非道《ひど》い話じゃなあ。したが、さようなことは樹按どのの本意ではあるまい」

「村のお人らも、そう言っておいででした」

「うーむ。このさきは征史郎の出番となりそうじゃな」

「あたしらだって……」

不満そうに言ったお琴に照謙は、

「無理はするな。背後になにが潜んでいるか分からないのだ。だからこれには、周到さに慎重さが必要となってくるのだ」

言った脳裡には、いかにも策士を思わせる男の顔があった。

鳥居耀蔵である。

（いったい、なにを企んでおる）

と、探索にはやはり用意周到さと慎重さに加え、組織力も必要となるのだ。

「は、はい」

お琴は応えるほかなかった。

照謙はこのあと、征史郎の来るのを待った。いまお琴が話した内容を早く伝えたい。それと金四郎が加来基頼について、いかような推測をしたかも知りたい。照謙の脳裡では、村居樹按を含む医者たちの奇妙な動向と、一体のものなのだ。

「お琴。お千のようすと跡見英淳どのがいましばらく亀戸村にとどまることを、門仲の市兵衛や布袋の鋭吾郎に伝えておかねばならないだろう」

「まあっ、まるであたしを追い立てていなさるような」

「あははは、それだけ重宝しているということだ。事態は切迫しておる」

「はい、はい」

お琴は腰を上げた。いま征史郎が来たのではまずい。お琴の前で金四郎の話はできない。

だからといって、お琴が邪魔だったわけではない。また店頭たちの機動力に頼らなければならない時が来るかもしれない。布袋の鋭吾郎と門仲の市兵衛につなぎを取るのに、お琴は最適の人材なのだ。鋭吾郎も市兵衛も、お琴を身内の娘のように思っている。むろん照謙も、お琴をそのようにみている。

腰を上げたお琴は、

「そうそう。けさになって親戚のお百姓代さんの家に偉い先生が来ておいでだとのうわさがながれ、村居樹按なるお医者に見捨てられた患者さんがつぎつぎと訪れ、その意味からも英淳先生は帰るに帰れなくなっておいででしたよ」

「ふふふ。英淳先生らしいわい」

照謙は苦笑した。

お琴が永代寺に出向いたあとだった。征史郎が職人言葉で、

「へへ、本所の菊川町に帰ったら帰ったで、仕事がいろいろとありやしてね。ありがたいことでさあ」

と、手習い処の玄関口から姿を現した。これなら誰に聞かれても怪しまれない。庭木の手入れか塀の修繕にでも来たように思われるだろう。

「おや。旦那、お一人で？」

「ああ、ともかく上がって座れ」

と、つぎに火鉢を挟んで照謙と対座するのは、征史郎となった。

「疲れていよう。足は気楽にくずせ」

「はっ」

と、武家言葉になったが、足はあぐらに組んだ。このほうが話しやすく、不意に誰かが入って来ても、言葉遣いさえ職人に戻せば、そのまま自然体をつづけることができる。

「おぬし、気になっているじゃろ。亀戸村のお千という娘、英淳どのの処方箋のおかげで、峠は越したらしい。お千が土地《ところ》の医者に見放されたのは……」

照謙はお琴の調べて来た内容を披露した。

征史郎は幾度も得心のうなずきを入れ、聞き入っていた。英淳が亀戸村から帰るに帰れなくなった理由《わけ》を話すと、

「あはははは。英淳さまらしゅうございますなあ」

征史郎は膝を打って言ったものだった。

照謙は話を進めた。

「して、金四郎どのは加来基頼どのを、いかに判断しておいでじゃった」

「そのことでございます。さきほど村居樹按なる医者が何者かに軟禁され、大名家の往診に出向いているとの話を聞きまして、さらに外神田の及川竹全どのの一件も加味し、遠山のおやじどの《うち》が北町奉行所の仕組みをいかんなく発揮し、あちこちに探りを入れましたところ……」

「ほう」

照謙は身を乗り出した。

その視線を受け、征史郎は言う。

「やはり鳥居耀蔵さまは、妖怪の名にふさわしゅうございます」

「だから……」

「大名家に出入りのある医者に、さまざまな罪を着せて江戸所払いや遠島にし、後釜《あとがま》に自分の息がかかった者を送り込み、それら大名の健康を牛耳《ぎゅうじ》るだけでなく、お家の中にまでみずからの地盤を築こうとしております。それらが成功し、確立したなら、鳥居さまの権勢は老中首座の水野忠邦さまをも凌《しの》ぎましょうか」

「御匙との係り合いは……？」

「鳥居耀蔵さまが、死体の調達を町場の与太に依頼した確たる手証《てしょう》を得ながら、おもてにしようとしないのは、加来基頼さまの心ノ臓に短刀を突きつけたも同然です。それをもって脅せば、将軍家御典医の加来基頼さまを自在に動かせましょう。恐ろしいことでございます」

「将軍家の御匙をのう、恐ろしいことじゃ。それらの策のなかで外神田の及川竹全は率先して乗り、亀戸村の村居樹按どのは肯《がえん》ぜず、奇妙なかたちで自分の療治処に拘束される身となり、家族をなかば人質に取られ、大名家に出入りしろと強要されつづけている……というのが、現在《いま》の亀戸村のすがたということになるなあ」

「御意。いまお琴がもたらした話により、そこに確信を持ちましてございます」

「鳥居耀蔵……まっこと根っからの妖怪じゃのう。金四郎どのを陥れるために跡見英淳どのを大番屋に引き挙げ、加来基頼どのの罪を着せるなどを咄嗟《とっさ》に決め、躊躇《ちゅうちょ》なくそれを実行する。外神田のうわさで、及川竹全なる医者が町衆に詰め寄られたのを、武家屋敷から人が出て助けたというが、その屋敷とはやはり鳥居屋敷であったかのう。あの者の屋敷は、外神田の錬塀小路じゃからなあ」

「そのとおりだと思います。まったくもって、すべてが妖怪の成せる業《わざ》と申せましょう」

「そのとおりだ。して、その英淳どのが牢抜けをしたこと、妖怪めはいかように扱《あつこ》うておるか」

「伏せている由《よし》にございます。というより、英淳どのの拉致《らち》は端《はな》からなかったことにしておる節があるとのことです」

「うーむ。あの男、そこまでやるか。表向きには、永代寺での死体盗人もなかったことに……か。いかなる御掟《ごじょう》もあったものじゃないのう」

「まったくもって」

「基頼どのはひと安堵というところじゃろが、行く末を妖怪の掌中に握られてしまったことに変わりはないじゃろに」

「おそらく。転《ころ》んだらそれさえなかったことにする……、まさに喰えぬ御仁にございます」

「余人にはできぬ所業よ、大したものよなあ」

話しているうちに、部屋の中が暗くなってきた。いつの間にか日の入りを迎えたようだ。征史郎が火鉢に残っていた炭火で油皿に火を取った。

かすかに部屋の中が明るくなった。

そこへ玄関から、

「おっ、この甲懸《こうがけ》。征史郎さんが来てなさるかい」

声が入って来た。箕助だ。ということは、いま粕壁から帰って来たところで、耕作と与作も一緒か。その気配も伝わって来る。思った以上に早い帰りだ。

玄関の甲懸は、大工や左官、瓦職人などが現場で履《は》く足袋《たび》の一種で、足首のところで紐《ひも》を結ぶようになっている。とくに大工や瓦職人にとっては、地面や木の枠組み、瓦などの感触が足へ直《じか》に伝わる。職人姿のとき、征史郎は好んでこれを履いている。軽快な動きが必要なとき、実に至便な履物である。箕助たちも職人姿のときは履いているが、きょうは町人の旅姿である。

征史郎がこの時分を見計《みはか》らって手習い処に来たのは、金四郎の調べた成果を照謙に伝え、亀戸村と粕壁宿のようすを聞くためだった。その三つがすべて叶《かな》ったことになりそうだ。

「おおう、箕助どん、帰《けえ》ったかい。待ってたぜ。さあ、上がんねえ、耕作どんも与作どんも一緒だろ」

征史郎は職人言葉に戻り、声を玄関口のほうへ投げた。

「おっ、あっしらの名も呼んでくだせえやしたね」

「とんぼ返《げえ》りの甲斐《かい》がありやしたぜ」

耕作と与作の声だ。

灯りが入ったばかりの居間に、男ばかり五人となった。

箕助が、

「粕壁に入《へえ》ってすぐでさあ。細かな聞き込みを入れるまでもなく、崎谷秋駿なる医者の消息が判りやしたぜ」

言いながら火鉢の脇へあぐらに腰を落とし、耕作と与作もそれにつづいた。この顔ぶれではなんら頓着《とんちゃく》なく、きわめて自然に無礼講《ぶれいこう》となる。みずからもあぐら居の征史郎は、

（これでよいのだ）

内心苦笑しながら、箕助らの自然体を肯是《こうぜ》していた。

それよりも、

「粕壁からひと晩で戻って来るとは、なんとも早い。で、崎谷秋駿とかいう医者のようすはどうだったのだ」

「それを早《はよ》う伝えとうて、向こうの旅籠にゃひと晩泊まっただけで急ぎ戻って来たんですぜ。聞き込みもぬかりはありやせんや」

耕作も与作も、聞き込みの手を抜いたように言われたと解釈したか、文句でも言いそうになった箕助のもの言いへ、しきりに相槌を打っていた。それだけ成果を得て、急ぎ帰って来たのだろう。

そこに気づいた照謙は、

「おサキの言っていた亀戸村の従姉妹《いとこ》なあ、お千といったか、ともかく無事だったらしい。お琴が近辺に聞き込みを入れたところ、土地の医者が診てくれねえの

は、何者かに脅されて軟禁状態にあるのが原因のようだ。で、粕壁の医者はどんな具合だったかのう」

と、箕助がすんなり話せる環境をつくり、

「そう、俺も早うそれを訊きとうてなあ」

「さようですかい」

征史郎の言葉に箕助は返し、

「思わぬ聞き込みができやしてね」

「そうなんでさあ」

耕作がつなぎ、与作が大きくうなずいた。

箕助と耕作、与作が、正月二日というのにけっこう旅人が出ている街道に、

「――なあ、兄イ。俺たちが旅に出て、まともに旅籠《はたご》に泊まるなんざ、これが初めてじゃねえかい」

「――旅籠どころか、こうもまともで行くあてのある旅も初めてだぜ」

耕作が言ったのへ与作がつなぎ、箕助が締めるように言った。

「――だから、一人でも間に合う聞き込みの旅に、お師匠が俺たち三人を出してくれたんじゃねえか」

「――あ、そんな意味があったんで」

「――なるほど」

交わしながら速足を踏み、粕壁の町家を眼前にしたのは、それぞれが長い影を街道に引き、そろそろ日の入りを迎えようかといった時分だった。

前を歩いていた女が足をもつれさせ、ふらついた。

箕助たちはこれまでの無宿暮らしの厳しい環境から、立ったまま意識を失い、運よく壁にでももたれて息を整えることができればいいが、倒れ込んでしまったならそのまま死に至るか、介護する者がいて手厚く寝かされても、覚めれば半身不随になっていたという恐ろしい病のあることを見聞きしている。のちの世にいう脳溢血《のういっけつ》であろう。

「――いかん」

箕助たちは走り、倒れ込むまえにその身を支え、すぐ近くの茶店の縁台に落ち着かせた。女を茶店の者はよく知っており、粕壁宿の柏木屋《かしわぎや》という旅籠の女中頭《じょちゅうがしら》だった。

「――早う、医者を！」

箕助は叫んだが、茶店の者は一様に困惑し、粕壁に医者はいないという。ならば近辺の宿場にというと、それもいないという。かつては粕壁に名医がいて、それが近郷近在で唯一の医者だったという。

事態は切羽詰まっている。茶店の者が柏木屋に走り、すぐさま番頭や手代、女中たちが戸板を用意して引き取りに来た。柏木屋の者たちも、茶店の者とおなじことを言う。柏木屋はとっさに体の崩れ落ちるのを防いでくれた旅姿の三人に礼を述べ、旅籠にいざなった。

女中頭は鄭重に扱われ、命に別状なく、無意識になることもなかった。この分では安静にしておれば、半身不随になるのは免れるだろう。だが、遠くの医者に往診を頼まねばならず、それだけ費用もかかるだろう。粕壁宿とその近在で、遠くの医者を頼らなければならないのは、柏木屋の女中頭一人ではあるまい。なかには不便さから命を落とした者もすでに幾人か出ていよう。亀戸村のお千も、そうなるところだったのだ。

柏木屋の女将《おかみ》や番頭はしきりに礼を言い、三人はさっそく茶店と柏木屋だけでなく、町場にも出てそれぞれに聞き込みを入れた。

三人がふたたび柏木屋の奥の部屋に顔をそろえたのは、あたりがすっかり暗くなってからだった。近辺のそば屋や茶店、旅籠などに聞き込んだ一つ一つも、最初の茶店や柏木屋の話を裏付けるものだった。

亀戸村では村居樹按が押込んで来た数人に在宅のまま押さえられたかたちになったが、粕壁宿では崎谷秋駿が幼子を含む家族ごと、消えてしまったのだ。それも先月煤払いが終わってから数日後のことらしい。

「――天狗《てんぐ》の神隠し……」

「――その所為《せい》じゃ。助かる命まで助からなくなってしもうた」

近在の住人たちは、狼狽《ろうばい》とともに真剣な表情で言っていた。

それらを一刻も早く照謙に知らせようと、三人はけさ早くに粕壁を発ったのだった。

聞き終え、

（似ている）

照謙は思った。亀戸村の村居樹按と粕壁宿の崎谷秋駿、それに外神田の及川竹全も含めてである。

竹全は積極的に妖怪の誘《さそ》いに乗り、徒歩《かち》医者から乗物医者の道に進んだが、樹按と秋駿は拘束されながらも、乗物医者になる自分を納得していない……。本来の患者を中途で捨てられないのだ。亀戸村は近いから村居樹按は在宅のままとなり、粕壁宿は片道だけで一日仕事と遠いから、家族ごと江戸府内に拉致《らち》され、いずれかに軟禁され、妖怪傘下の乗物医者になることを強要されている。医者にとって、決して悪い話ではないのだ。

照謙は征史郎と顔を見合わせた。

「ふむ」

征史郎はうなずきを返した。おなじことを思ったのだろう。

外はすでに、道を歩くにも提灯が必要となっている。

「それじゃあっしはこれで」

と、腰を上げ、浄心寺の名の入った提灯を手にしたのは征史郎だった。

「ふむ」

照謙はうなずいた。征史郎はこれから本所菊川町に急ぎ戻って、金四郎に不可解な町医者たちの背景を説明することだろう。

（そのとおり）

と、征史郎はうなずきを返した。

照謙は玄関の外まで出て低声で、

「では、よしなにな」

「はっ。おやじどののほうにも動きはあったはずゆえ、あすまた参ります」

「待っておるぞ」

照謙は低声で返した。

きょう三日、城内でいかような展開があったか、是非知りたい。

しばし提灯の灯りを見送っていると、背後から、

「お師匠、あっしらもこれで。布袋の親分にきょうの始末、話しておかなきゃなりやせんので」

「あしたはもう四日でさあ、荷運びの仕事もいっぺえたまっておりやすので」

帰り支度をした耕作と与作が、箕助とともに出て来た。二人とも征史郎とおなじ浄心寺の提灯を手にしている。

「おぉう、まったく忙しい年末年始になってしまい、申しわけないのう。荷運びは商家の初荷がけっこうあるのじゃろのう」

「へえ、まあ」

照謙はふたたび玄関先で、目を細め二つの提灯を見送った。

箕助も居間から出て来た。

「あいつら、もう立派な荷運び屋ですぜ。道中でもあしたからの段取《だんどり》を幾度も話

してやしたから」

「そういう感じじゃのう」

照謙は灌木群に消えた二つの提灯に、あらためて目を細めた。

七

金四郎は下城し、菊川町の別邸で、

「ふーっ。きょうは気疲《きづか》れの一日じゃったわい」

と、袴裃《はかまかみしも》から着ながし姿になってひと息入れ、

（さて、幽霊どのの手の者は、どこまで成果を挙げてくれたかのう）

と、征史郎の帰りを待った。ちょうど箕助たちが粕壁宿から戻り、手習い処の居間で無礼講にあぐら居になった時分である。

金四郎も早く、城中での成果を征史郎に話したいのだ。征史郎に話せば、あしたの朝には照謙の耳に入るはずだ。

きょう一日、金四郎は城中で緊張の連続だった。

午前中は評定所で、老中の水野忠邦を中心に若年寄の本多《ほんだ》忠徳《ただのり》に北町奉行の遠

山金四郎、南町奉行の鳥居耀蔵、それに近ごろ死体盗人が横行しているという理由から、寺社奉行の堀田正篤《ほったまさよし》の五人の評定がおこなわれた。

評定といっても正月の行事が次からつぎへとつづくなかでの膝合《ひざあ》わせであり、各自が目下進行中の改革について意見を述べるというような雰囲気はなく、老中首座の忠邦が一方的に、

「こたびの改革は幕政を刷新し、将軍家の基盤を強化し、民に安寧をもたらすものなれば、おのおの方にはいっそう奮励ありたい」

と、おもて向きの言辞を披露するのが中心となった。忠邦はまた、人の前で訓示を垂《た》れるのが好きな性質《たち》だった。

若年寄は、遠山金四郎や鳥居耀蔵など旗本を取締る役職で、旗本支配ともいわれた。この日評定所に若年寄として座を占めた本多忠徳は陸奥《むつ》泉《いずみ》藩二万石の大名で、本年二十六歳だった。海千山千の遠山金四郎や鳥居耀蔵らをとても御《ぎょ》せるものではない。ただ膝を交えているだけといった存在だった。

寺社奉行の堀田正篤は下総《しもうさ》佐倉《さくら》藩の大名で、十一万石と石高こそ高いが、今年二十一歳と本多忠徳よりさらに若い。二人とも評定の場のお飾りといった風情を拭《ぬぐ》い得なかった。

忠邦の自画自賛の訓示がつづくなかに金四郎は、
『奢侈停止《しゃしちょうじ》のご主旨はよろしいが、過ぎれば世を萎縮《いしゅく》させることになります
ぞ』
言いたかった。だが正月でもあることから、従来の持論を舌頭《ぜっとう》にのせるのはひ
かえた。もっとも忠邦は終始、
（余計な口出しは無用ぞ）
と、牽制する視線を金四郎に向けていた。
これもめでたい正月の席だからか、忠邦は視線を鳥居耀蔵に移し、
「そなたはまっこと町方が手をつけにくい、大名家の侍医にまで斬り込み、私利
私欲に走る医者どもの不正を暴き、その分野でも綱紀粛正に邁進《まいしん》しおるは重畳《ちょう》《じょう》。さらに道を極《きわ》められたい」
そこに金四郎は、なんとか口を開く機会を得た。
「鳥居どのにはそうした趣《おもむき》、敬服つかまつるが……」
皮肉っぽく切り出し、
「昨年末でござったか、南町の手の者が、ある市井《しせい》の医者を死体盗人の科《とが》で茅場
町の大番屋に引き挙げ、あと一歩で口書が取れるところまで進んだが、大晦日の

夜、不意にいなくなったと聞き及びますぞ。いかようなことでござろう」

座に緊張が走った。

（えっ、さようなことがござったのか）

と、寺社奉行の堀田正篤はきょとんとした視線を金四郎に向けた。やはり正篤は永代寺の一件を掌握していなかった。ということは、その死体が御匙の加来基頼の手に渡ったことも、知らないはずだ。

金四郎は投げた石の波紋に期待した。

鳥居耀蔵は困惑のなかにも、

（やはりあれは、おぬしが手をまわしたのか）

疑う視線を金四郎に向けた。

金四郎はうなずくことなく、肯是《こうぜ》する表情を耀蔵に示した。

耀蔵はそれを読み取ったようだ。

まるで禅問答である。

さすがに耀蔵は臨機応変に、頭の回転も速かった。

「ああ、あの医者なら、引き挙げたものの冤罪《えんざい》であることが判明したゆえ、すぐさま放免しもうした。留書《とどめがき》に記《しる》すまでもない軽微《けいび》なことでござった」

「さようなことがあったのか。したが、間違いと判りただちに放免したは重畳」

と、忠邦は人違いによる捕縛を詰《なじ》るよりも、即刻放免したことを褒《ほ》めた。さすが妖怪である。牢抜けされた事実をなかったことにしてしまったのだ。

金四郎も負けてはいない。

「ならばその医者、なにゆえ嫌疑をかけられたかは存ぜぬが、無実が判明したからには、もうだれ憚《はばか》ることなく元の家業に戻れるわけですな」

「いかにも――」

と、耀蔵は応える以外なかった。これで跡見英淳は、門仲の市兵衛のねぐらから堂々と本所相生町の自邸に戻り、療治処を再開することができる。あすにも娘の志乃と代脈の誠之助が深川永代寺門前仲町まで、英淳を迎えに行こうか。ただし、いま英淳は亀戸村に出向いている。

その亀戸村に、異変が起きていた。

跡見英淳はお琴の案内で亀戸村に入った。そこで息もたえだえの百姓代の娘お千を、ひと晩かけて危険な状態から小康状態に戻した。そのことがたちまち近在に知れわたり、夜明けのころには病人が百姓代の家に出向いて診察を頼み、なかには往診を頼む百姓家もあった。その多くは、急に乗物医者になった村居樹按に見捨てられた患者たちだった。

お琴が照謙に事の次第を報告するため帰ったあとも、百姓代の家の門を叩く患者は絶えなかった。

同時に村人たちは、樹按先生は不意に見知らぬ代脈や下男、女中たちに囲まれ、乗物医者に出世したが、それは自身の本意ではなく、無理やりそうさせられていることに気づき始めていた。

百姓代の家のようすは当然、おなじ亀戸村にある村居樹按の療治処にも伝わる。樹按は恥じ入った。

(本来なら、わが療治処がそうあるべきではないか)

思うなり外来のまったくいなくなった療治処を飛び出し、百姓代の家に走った。その勢いを、代脈も女中も下男たちも止めることができなかった。

「かたじけない！　お手数をかけもうしたっ」

百姓代の家に飛び込むなり樹按は叫び、患者の療治にかかった。

「おお、そなたが村居樹按どのか」

跡見英淳も思わず叫んだ。

異変とはそのあとのことである。名主《みようしゆ》、五人組組頭《くみがしら》、百姓代の村方三役たちを先頭に立てた村人たちが村居樹按の療治処に押しかけ、よそ者で得体の知れない代脈、屈強な下男、女中たちを実力で締め出した。代脈たちにとっては、まるで突然の一揆《いっき》のようで、なす術《すべ》もなく療治処ばかりか村からも追い出された。よそ者の代脈たちにはまったく多勢に無勢で、門仲の若い衆二人も〝一揆〟に加わっていた。

名主たち村方三役は、よそ者を追い出した療治処を村居樹按に引き渡し、療治は百姓代の家から本来の療治処に戻った。もちろんお千の療治は樹按に引き継がれ、翌日には床上《とこあ》げをし数日後には外に出て、飛んだり跳ねたりするようになった。

村居樹按が本来の療治処に戻ると同時に、跡見英淳は深川の永代寺門前仲町に、若い衆二人と一緒に帰った。そこへ金四郎から連絡を受けた、娘の志乃と代脈の誠之助が、大手を振って迎えに行ったのだった。

鳥居耀蔵の、村居樹按を掌中《しようちゆう》の駒《こま》とし、大名家の御典医に送り込む策謀の一角が崩れた。

さらに異変はあった。

粕壁宿の名医崎谷秋駿の身辺についてである。

奥州街道の粕壁宿に出向いた箕助と耕作、与作の三人は、名医の誉れ高い崎谷秋駿が〝神隠し〟に遭い、近郷近在の住人も旅人も難渋し、なかには助かる命まで落とした者までいることを聞き込んできた。

その耕作と与作がことしの初仕事についたのは四日だった。商家で早いところなら二日にはもう初荷が動き始めるが、四日、五日ごろに荷が動き出す商家もある。この日二人が大八車に満載したのは、海辺に近い浜松町の干物《ひもの》問屋数軒から依頼された魚類の塩漬け数樽《すうたる》と干物数籠《すうかご》だった。いずれも初荷で、芝の江戸湾の波音が聞こえる問屋を数軒まわり、荷が満載になったところで、

「さあ、兄弟《きようでえ》」

「おうっ」

と、初荷の旗を立てて日本橋に向かったのは、ようやく江戸湾に日の出を迎えた時分だった。行き先は日本橋から内神田に入り、神田の大通りを走り、神田川を越え外神田へ出た広い範囲にまたがる神田明神下《みようじんした》である。そのなかに町名も旅籠町《はたごちよう》といって、おもに神田明神への参詣人が泊まる旅籠が軒をつらねた町が

ある。そこの何軒かに浜松町からの品を届ける仕事だった。

神田の大通りから外神田に出る神田川の筋違御門橋《すじかいごもんばし》を渡ったとき、軛《くびき》の中に入っていた耕作がふり向き、

「おう、旅籠町といやあ、錬塀小路のすぐ近くじゃねえか、あのお方の」

「そうだよなあ。俺もさっきから、それを思ってたところだ」

うしろから押していた与作が返した。〝あのお方〟とはむろん、南町奉行所の妖怪鳥居耀蔵である。

旅籠町でつぎつぎと荷を納《おさ》め、最後の届け先は路地を奥に入った、神田屋別棟《かんだやべっとう》だった。さきほど本店《ほんみせ》にあたる表通りの神田屋に荷を運び入れたところである。別棟というだけあって、路地裏で目立たない小ぢんまりとした旅籠だった。

「こうした目立たねえ分店《わけみせ》は、常連客が多いんだろうなあ」

「たぶん。それも幾日も逗留《とうりゅう》しなさるような」

二人は話しながら大八車を牽き、さらに路地から裏手に入り、板塀に組み込まれた勝手口の板戸を開け、中に入った。小さな庭がある。静かで、屋内のほうにかすかに人の気配を感じるのみだった。

女中の差配で荷を台所の隅に運び、番頭から受取書をもらい、ふたたび小さな

裏庭に出た。やはり静かだ。外へ出る勝手口の板戸は、すぐそこである。

庭を板戸に向かう。来たときとおなじ、屋内に気配は感じても裏庭から見える範囲に人影はない。

「この旅籠、おもてが静かなら、裏はもっと静かだぜ」

「まったく、不気味なくれえだぜ」

耕作と与作は言葉を交わすにも、自然と押し殺した声になった。

そのときだった。

縁側から庭に、

「さ、早く！」

声とともに飛び降りた人影があった。一人、二人、中年の男女、夫婦者と思われる。さらに五、六歳の男の子が一人、三人がひとかたまりになっている。

（えっ、粕壁の……⁉）

耕作と与作が直感したのは、いずれも品がよく、とくに男が総髪を茶筅髷《ちゃせんまげ》にまとめて武士ではなく、町人にも見えなかったことからの、とっさの判断だった。

場所が錬塀小路の近くということも、判断の材料となっていた。なんと三人とも足袋跣《たびはだし》ではないか。草履《ぞうり》も下駄《げた》も履いていない。三人は突然ひとかたまりになって、縁側から飛び降りて来たのだ。

耕作と与作は、医者家族の〝神隠し〟を幾度も聞いた粕壁から、きのう戻ったばかりだ。住人たちのその声が、まだはっきりと耳の奥に残っている。

二人は身構えた。

はたして茶筅髷の人物は、切羽詰まった口調で、

「われら三人、家族であれば決して怪しいものではござらん。理由《わけ》もわからずここに囚《とら》われの身となり、いま脱出の機会を得たところ。お見逃しありたい」

内儀は子の肩を抱き寄せ、哀願する視線を耕作と与作に向けている。ここまで聞けば、もう粕壁の崎谷秋駿に違いない。

耕作がその視線に対してか茶筅髷の言葉にか、

「へっ、へえ」

与作も無言で大きなうなずきを返した。

屋内が急に慌ただしくなり、慌てたような声が聞こえてきた。

「部屋中を探せ！　まだ外へは逃げておるまい」

「いや、念のためだ。人数を街中《まちなか》にも！　それに、千住を塞《ふさ》げ！」

明らかに旅籠の番頭や手代のもの言いではない。武士だ。千住は奥州街道最初

の宿場である。そこを〝塞げ〟とは、粕壁への道を遮断せよとの意味にとれる。きのう耕作と与作はその道を帰って来たのだ。

二人は無宿渡世のとき、箕助とともに六尺棒に追われる日々を送り、逃げるのには慣れていて機転も利いた。

屋内からの声に反応した。

「さ、来《き》なせいっ」

耕作は先頭に立って勝手口の板戸を開けた。

思いも寄らないことに、秋駿も内儀も戸惑っている。

「さあ、早《はよ》う！」

与作が三人を押し出すように板戸を出ると、素早く外から閉めた。

内側の声が、裏庭まで出て来たようだ。

耕作と与作は、家族が三人とも足袋跣なのに気づいた。このまま外を走っては人目を引く。

「さあ、積み荷になってくだせえ」

「おっ、そいつはいいや」

耕作が言ったのへ与作は即座に解した。

秋駿とその内儀はまだ解《げ》せぬ顔つきで、子供は表情に恐怖を刷《は》いている。

「あっしら二人、きのう粕壁から戻ってめえりやした。町のお人らから聞いておりやす。神隠しに遭ったお医者の秋駿先生でやしょう」

耕作は言いながら三人を大八車に寝かせるように乗せると与作がすかさず莚《むしろ》をかぶせ、二人で縄もかけた。干物を入れていた空の篭も載っているため、上から見れば人間が三人も莚の下に横たわっているなど、想像もしないだろう。初荷の旗も、立てたままである。

「窮屈でやしょうが、そのまま凝《じ》っとしていてくだせえ」

「お助けしやすぜ」

耕作と与作が言ったのへ、莚の下で秋駿夫婦は二人が粕壁で直接住人の声を聞いたことに、安堵を覚えた。

秋駿も内儀も、荷運び人足の一人が〝神隠し〟と言ったことで、

（なるほど、在所じゃそう思われているのか）

と、考える余裕さえ得た。

来たときとは逆に、与作が軛《くびき》に入り、耕作がうしろにまわった。

——ゴトッ、ゴトゴト

動き出した大八車の音に、勝手口の板戸のけたたましく開く音が重なった。気が気でないのは、耕作と与作よりも莚の下の秋駿たちであろう。一人が咳《せき》かくしゃみでもすれば万事休すである。

小さな勝手口からつながって出て来たのは三人、はたして武士だった。

「おい、いまこの勝手口から出て来た者はおらんか」

うしろの耕作が腰を伸ばして言う。

「へえ、おりやす」

「どこへ行った」

「どこへって、ここにおりやす。あっしらがいま、神田屋別棟さんの勝手口から出て来やしたので」

「ほう、宿の女中が言っておった。いま魚の干物と塩漬けを、荷運び屋が台所に運び込んだばかりだと。それがおまえたちか」

もう一人の武士が行ったのへ軛の中から与作が、

「へえ、さようで」

「ならば、ほかに出た者は見なんだか。夫婦者に子供が一人だ」

「さあ、見ていやせんが。あっしら、さっきまで別棟さんの台所にいたもんですから。お女中に訊いていただきゃわかりやすが」

と、耕作。

最初の武士がまた口を開いた。

「ふむ。あの者ら、わしらが気づくよりかなり早く座敷を抜け出したようだ。念のためだ。おまえはいますぐ屋敷に走り人数をそろえ、千住を見張れ！」

「はっ」

「俺たちは旅籠の番頭や手代たちを動員し、近辺を找《さが》す」

「ははっ」

一難去った。三人の武士はそれぞれの方向に散った。

筵の下はひと息ついたようだ。秋駿か内儀かそれともお子か、思わず耕作は低い声を莚の上に這《は》わせた。

「あ、まだ動いちゃいけやせん。そのまま凝《じ》っと。さあ、与作」

「おうっ」

ふたたび大八車の車輪が音を立てはじめた。

八

いかに逃げなれているとはいえ、このような遁走《とんそう》は初めてだ。

緊張している。

神田川の筋違御門橋には番所があり、常時五、六人の番士が六尺棒を小脇に、不審な者が通らないか見張っている。そこの六尺棒に追われているわけではないが、筵の下には人間が潜んでいるのだ。見つかれば騒ぎになる。

「これから神田川の番所の前を通りやす。動かねえようにお願《ねげ》えしやす」

言ってから、心ノ臓の高鳴るのを懸命に抑え、ゆっくりと歩を進めた。

呼びとめられ、誰何《すいか》されることはなかった。

ホッとする。

「内神田に入《へ》えりやしたが、もうしばらくご辛抱くだせえ」

筵の下が初めて問い返した。

「いずれへ行くのです」

内儀だ。車輪の音に押し殺した声だったから、往来の者に聞かれることはなかった。

耕作が応えた。

「ともかく、安心できる所でさあ。ひとまずそこに落ち着いてから、粕壁に帰る算段をいたしやしょう。帰りゃあ宿場のお人ら、喜びなさらあ。みんな心配しておいででやしたから」

この言葉に、内儀も秋駿も若い荷運び人足二人をさらに信用し、行く先への懸念を払拭《ふっしょく》したようだ。

大川では橋番所のある両国橋は避け、下流の新大橋を渡った。

「さあ、深川ですぜ」

神田川だ大川だなどと聞かされても、秋駿や内儀に江戸の地理はわからない。ただ人足の言いようから、目的地の近いことだけは察《さっ》した。

実際、新大橋から深川に入れば、浄心寺はすぐそこである。

耕作と与作は用心に用心を重ね、

「さあ、着きやしたぜ。坊《ぼん》も、よう頑張りなさんした」

と、耕作が縄をとき、筵をそっとはがしたのは、浄心寺の山門横の荷運び用の通用門を入ってからだった。陽はかなり西の空に入っている。

医者家族の三人はそこがお寺の境内《けいだい》であることに、怪訝《けげん》さに安堵を乗せた表情になった。与作が事の次第を照謙に伝えるため、手習い処に走った。

耕作が軛《くびき》に入って空になった大八車を牽《ひ》き、

「へい、こちらで。ついて来てくだせえ」

と、墓場の近道ではなく、大八車も通れる本堂前の通路に向かった。三人は足袋跣のままである。遠くから竹箒を持った寺男の平十が、怪訝そうな視線を向け、家族らしい三人が足袋跣であることにも気づいたようだ。

手習い処にも、朝から人の出入りがあった。お琴が布袋の鋭吾郎から、死体盗人の件で新たな動きがないか浄心寺の手習い処へ訊きに行き、なにかあれば門仲の市兵衛にも知らせてやれと言われ、それで来ていたのだ。ちょうど耕作と与作が神田屋別棟に着いた時分だった。

鋭吾郎も、死体盗人や医者たちの奇妙なようすが気になるのだろう。門仲の市兵衛も同様である。どちらも、大きな寺の門前を仕切っているのだ。

鋭吾郎は、耕作と与作から粕壁の一件は聞いているが、その後がわからない。

もっとも事態はいま、耕作と与作が係り合って進行中なのだ。市兵衛は跡見英淳をかくまったり若い衆を一緒に亀戸村に出したりして、村居樹按のようすは詳しく知っているが、粕壁から医者が消えた話はまだ知らない。

お琴が永代寺門前仲町に向かったとき、

「――粕壁のことなら、俺から直接話そうかい」

と、箕助もついて行った。


手習い処に照謙が一人になってからすぐだった。職人姿の谷川征史郎が、墓場と灌木群の近道から急ぐように来た。

新年の手習いはあしたからで、きょうはまだ静かだ。居間に上がるなり、

「お一人ですかい、ちょうどよござんした」

言いながら腰を据え、あぐら居に照謙と向かい合い、箕助のいないのを確認すると、職人姿ながら武家言葉になり、

「迂闊《うかつ》でした。茅場町の牢内で昨夜、与七と四之平が殺されました」

「なんと！」

この時点に与七と四之平が殺されたとなると、手証はなくとも誰の差配かは容

易に察しがつく。

照謙が、

「うーむ。妖怪め、口封じをしおったか。与七も四之平も他人《ひと》に利用されるだけ利用され、その策が頓挫すると口封じ……。哀れな一生じゃったのう」

「遠山《うち》のおやじどのも、さように……」

二人は嘆息《たんそく》した。毒を盛ったか簀巻《すま》きにして逆さに立てたか。いずれにせよ、きわめて後味《あとあじ》の悪い、二人の死である。

しかしかえって、跡見英淳に死体盗人の罪を着せようとした策謀が、端《はな》からなかったことになり、向後《こうご》、鳥居の手の者は英淳に、手出しができなくなったのだ。英淳の療治処は、日常を取り戻したことになる。

それだけではない。永代寺から一度埋葬された娘の死体が消えたことも、咎人《とがにん》がいないのだから事件もなかったことになろうか。それがなくなれば、将軍家御《お》匙《さじ》の加来基頼も鳥居耀蔵の毒手《どくしゅ》から逃れようか。いまごろ亀戸天満宮裏の広大な寮の中で、ホッと安堵の息をついているかもしれない。

ならば、娘の遺体を墓場から持ち去られた檀家はどうなる。

「それにつきましては、遠山《うち》のおやじどのがなんとかしよう、と」

「ふむ」

征史郎が言ったのへ、照謙はうなずいた。いかような手当てをしようが、加来基頼をお縄にしない限り、檀家は納得しないだろう。だがそれは、いかに金四郎でも不可能だ。しかし、相応の手当てはするだろう。

まだ照謙と征史郎が話しているところへ、与作が玄関に声を入れた。話を聞いた照謙と征史郎は驚きの声を上げ、職人言葉で、

「八方手をまわしたが、痕跡《こんせき》すらつかめなかったんだ。どこ、いまどこでえ、その粕壁のお人は！」

言いながら玄関に飛び出た。

そこへ耕作が大八車を牽いて来た。うしろに茶筅髷の家族がつづいている。さらにまた住持の日舜が、

「どなたか風変わりなお客人が来ておいでとか」

と、平十の案内で手習い処に顔を出した。家族らしい三人が耕作のあとにつづき、しかもその三人が足袋跣だったことに、とりあえずようすを見に来たのだ。崎谷秋駿と内儀は、僧侶でしかも住持が出て来たことに、ますます安堵の表情

になり、子にもその思いは伝わったようだ。

照謙が事情をその場で説明し、

「ほう、ほうほう」

と、うなずきながら聞いていた日舜は、以前から死体泥棒の件と町医者の不可解な動きを照謙から聞かされており、

「粕壁ですか。どう無事に帰りつけるかじゃな」

と、呑み込みが早く、日舜も策に与《あずか》るところとなった。

これだけの人数がそろったのでは、奥の居間では狭い。座は十二畳敷きの手習い部屋に移った。文机《ふづくえ》もならんでいる。

「わあっ。ここ、手習い処だ！」

男の子が歓声を上げた。粕壁でいずれかの手習い処に通っているのだろう。

そこへまた箕助とお琴が戻って来た。お琴は神田屋別棟の裏庭からの脱出劇を聞き、

「よかったあ。永代寺から増上寺に帰ろうと思っていたのですが、箕助さんが浄心寺に戻れば、またなにか新たな動きが分かるかも知れないと言うもので」

「へへん、どんぴしゃりだろが」

まぐれあたりに箕助は胸を張り、耕作と与作には、

「おめえら、瓢簞《ひょうたん》から駒《こま》じゃねえが、大手柄だぜ。これで幕府のご改革じゃねえ、ほんとうの世直しが、またひとつ、実を結んだってえもんだぜ」

と、手放しで喜んだ。

崎谷夫妻は、自分たちの知らないところで、ここまで心配してくれていた人々のいたことに、

「おまえさま！」

「ああ！」

男の子の肩を抱き寄せ、涙ぐんでいた。

さっそく粕壁への策が話し合われた。

崎谷秋駿の〝神隠し〟が解かれれば、粕壁宿をはじめ街道筋で安堵する者は数知れない。その範囲は、北は幸手宿《さってしゅく》、南は越ケ谷宿《こしがやしゅく》にも及ぼうか。それらの宿場でも、急病の旅人を見捨てることなく、名医を呼ぶことができるのだ。

それを阻止すべく、鳥居屋敷の者がすでに、千住から粕壁までの随所に出張っているると想定しなければならない。だが、日舜が合力することになり、策のまとまるのは早かった。

出立《しゅったつ》はあすの朝、日の出まえ。浄心寺の寺僧が二人、奥州行脚《あんぎゃ》の修行に出る。そこにうまく絡《から》まれば、〝敵〟への効果的な目くらましになる。

あすに備え、今宵は秋駿の家族とお琴は庫裡《くり》に泊まり、耕作と与作は追っ手に顔を知られているため策には加わらず、しぶしぶその日のうちに増上寺門前に大八車を牽いて帰った。明日また、朝から荷運びの仕事があるのだ。

まだ日舜と秋駿の家族と、お琴に耕作、与作が手習い処にいるときだった。外はまだ明るい。

灌木群に二つの影が入り込み、余人の多い手習い処に視線を投げ、

「だめだ、こりゃあ」

「引き揚げるに如《し》かずか」

と、匆々《そうそう》に浄心寺を出た。

九

夜明けだ。日の出にはまだ早く、東の空がかすかに白《しら》んでいるが、一帯はまだ夜の帳《とばり》に包まれている。

子が五歳の男の子が
二人の修行僧が山門に立った。そこにおなじ僧形《そうぎょう》の秋駿と、五歳の男の子が小坊主《こぼうず》姿で加わった。浄心寺にも小坊主が幾人かいて、檀家からは小坊《こぼん》さんと呼ばれ、それが旅の修行に加わるのは珍しいことではない。饅頭笠《まんじゅうがさ》と錫杖《しゃくじょう》にも子供用があり、墨染に笠で顔をすっぽりと覆《おお》い、なかなかにかわいいものである。

内儀には商家の旅のご新造さんに扮《ふん》してもらい、箕助とお琴がお付きの下男と女中になる。当初、いくらか時間的に間を置いて出立《しゅったつ》する予定だったが、

「せめて見える距離に」

と、内儀のたっての望みから、修行僧たちのうしろ姿の見える範囲に歩を取ることになった。

さらに旅姿に道中差しの征史郎が、そのふた組の先になり後になり、街道に鳥居屋敷の手の者が出ていないか目を配る。鳥居屋敷の者がそこに異常を感じたとしても、僧形に手は出せない。僧は寺社奉行の管轄なのだ。だが商家のご新造を拐《こしら》えているほうは、この限りではない。用心が必要だ。

粕壁に入れば、もう手が出せないだろう。騒ぎになって困るのは、拉致を敢行した鳥居屋敷のほうなのだ。

ともかく安堵の思いで、照謙は一行を見送った。征史郎と箕助、お琴が戻って来るのは、早くてあしたの夕刻になろうか。現地で一日ようすを見てから帰途につくなら、帰りは明後日になる。

これでまた一つ、無理やり掌中にした医者を大名家に送り込む策謀を潰《つぶ》したことになる。

嬉しかった。鳥居耀蔵の天をも恐れぬ策謀を次々と潰していけたのは、ともかく金四郎配下の谷川征史郎や、世直しを求める箕助に耕作、与作、お琴らの活躍の賜物《たまもの》であることに違いはない。

だが、最大の決め手となったのは、亀戸村の村居樹按や粕壁宿の崎谷秋駿の、乗物医者への出世よりも、

（土地《ところ》の患者を見捨てるわけにはいかぬ）

との仁術への強い信念と、本所相生町の跡見英淳の町医者としての行動であったことに疑いはない。

東の空からしだいに広がる明るみが深川に達し、浄心寺の山門もようやく瓦や柱が一つひとつ視認できるようになった。

大きく朝の冷気を吸い込んだ。

憂《うれ》いがないわけではない。鳥居耀蔵が南町奉行に任じている限り、また新たな策謀はつづくだろう。そこに無辜《むこ》の民が、また苦しむことになる。

墓場と灌木群の近道を経て手習い処に戻った。矢部家先祖代々の墓の前では合掌《がっしょう》し、荘照居成《そうしょういなり》の小さな祠《ほこら》の前では柏手《かしわで》を打った。

箕助がいないので、朝餉は平十が来て用意してくれた。

それが終われば、手習い子たちが手習い帳をひらひらさせながら、

「お師匠《ししょう》さまーっ」

「お師匠《しょ》さーん」

本堂のほうから駈けて来る。一番乗りは八百屋のおサキだ。嬉々としている。

照謙は庭に立ち、声を出して迎えた。

「おぉ、おぉう」

安堵の息をついているのは、おサキだけではない。亀戸村はむろん、その近在近郷の住人たちも、まだ死ななくてもよい命を、喪《うしな》うことはなくなったのだ。

きょうは新年の初教授ということで、参観に来た親の姿もちらほらと見られた。そのなかに、商家のあるじか番頭を思わせる影が混じっているのに気づいた。その二つの影が、ときおり裏の灌木群に潜んでいる黒い影たちであることを

看《み》て取った。二人は離れてにぎやかさを取り戻した手習い処のほうを見ていたが、双方近づいてひとことふたこと言葉を交わし、本堂のほうへ去った。

おそらく、

『始まってしもうたなあ、手習いが』

『いつものあの中間がいないが……。今宵、もう一度確かめに参ろう。もしあの御仁が一人なら……』

などと話していたのだろう。

二人は互いにうなずきを交わし合っていた。

手習いが終わり、子供たちの帰ったあとの、静かな時がながれ夕刻となった。

粕壁では秋駿が〝神隠し〟から戻り、住人たちが安堵のなかに喜び合っているころであろう。こうなれば、二度目の拉致はもう不可能だ。

浄心寺境内では、思ったとおり、灌木群に人の動きがあった。朝のうちに物見《ものみ》に来た、あの二人であることは、わざわざ確かめるまでもない。黒系統の、すぐにでも打込めるいで立ちだ。

照謙が灌木群にそれを感じ取ったのは、ちょうど夕の誦経《ずきよう》を終えた日舜が、これまでの経緯を聞こうと、手習い処に来ていたときだった。

灌木群に潜んだ二人は、

『なんだ。今宵は一人と思うたに、寺僧が来ておるのう』

『今宵も無理か、これからも……』

息を殺し、話していることだろう。

二人の会話はつづいた。

幽霊になった人物を、世間に思われているとおり涅槃《ねはん》に送り返すには、一撃で確実に仕留め、かついかなる手証も残してはならない。

『やはりご家老に話し、人数を増やす以外にないようだのう』

『かといって、多すぎてもまたいかんしのう』

『そこが難しい』

『ともかく、つぎの機会を見つけよう』

『承知』

わずかな枯れ木の音とともに、気配は消えた。

刺客たちは生身の幽霊が標的では、相当慎重になっているようだ。

天保十四年（一八四三）まだ新年が明けたばかりである。

ちなみに外神田の及川竹全は、妖怪の策謀の頓挫《とんざ》によって大名家にも高禄旗本家にも押込んでもらえず、権門駕籠に乗って薬料を三倍、四倍にしただけだった。当然患家は離れ、新たな患者も寄り付かなくなった。一月《ひとつき》も経ないうちに、人知れずいずこかへ引っ越したということである。

永代寺の檀家で娘の遺体を盗まれた商家には、加来基頼より相当な詫《わ》び金《がね》が支出されると同時に、腑分け後の遺骨が永代寺に返還された。その一切がおもてに出ることはなかった。

（あの妖怪が幕府の中枢にいる限り、江戸に新春はない）

照謙の胸中に、込み上げるものがあった。

幽霊奉行 牢破り

一〇〇字書評

切り取り線

購買動機（新聞、雑誌名を記入するか、あるいは○をつけてください）

- □（　　　　　　　　　　　　）の広告を見て
- □（　　　　　　　　　　　　）の書評を見て
- □ 知人のすすめで
- □ タイトルに惹かれて
- □ カバーが良かったから
- □ 内容が面白そうだから
- □ 好きな作家だから
- □ 好きな分野の本だから

・最近、最も感銘を受けた作品名をお書き下さい

・あなたのお好きな作家名をお書き下さい

・その他、ご要望がありましたらお書き下さい

住所	〒				
氏名		職業		年齢	
Eメール	※携帯には配信できません		新刊情報等のメール配信を 希望する・しない		

この本の感想を、編集部までお寄せいただけたらありがたく存じます。今後の企画の参考にさせていただきます。Eメールでも結構です。

いただいた「一〇〇字書評」は、新聞・雑誌等に紹介させていただくことがあります。その場合はお礼として特製図書カードを差し上げます。

前ページの原稿用紙に書評をお書きの上、切り取り、左記までお送り下さい。宛先の住所は不要です。

なお、ご記入いただいたお名前、ご住所等は、書評紹介の事前了解、謝礼のお届けのためだけに利用し、そのほかの目的のために利用することはありません。

〒一〇一－八七〇一
祥伝社文庫編集長　坂口芳和
電話　〇三（三二六五）二〇八〇

祥伝社ホームページの「ブックレビュー」からも、書き込めます。

www.shodensha.co.jp/
bookreview

祥伝社文庫

幽霊奉行《ゆうれいぶぎよう》 牢破《ろうやぶ》り

令和 3 年 2 月 20 日　初版第 1 刷発行

著　者　喜安幸夫《きやすゆきお》
発行者　辻　浩明
発行所　祥伝社《しょうでんしゃ》
東京都千代田区神田神保町 3-3
〒 101-8701
電話　03（3265）2081（販売部）
電話　03（3265）2080（編集部）
電話　03（3265）3622（業務部）
www.shodensha.co.jp
印刷所　萩原印刷
製本所　ナショナル製本
カバーフォーマットデザイン　中原達治

 ISBN978-4-396-34713-0 C0193

祥伝社文庫の好評既刊

喜安幸夫

隠密家族

薄幸の若君を守れ！　紀州徳川家のご落胤《らくいん》をめぐり、陰陽師の刺客と紀州藩薬込役《やくごめ》の家族との熾烈《しれつ》な闘い！

喜安幸夫

隠密家族　逆襲

若君の謀殺を阻止せよ！　紀州徳川家の隠密一家が命を賭けて、陰陽師が放つ刺客を闇に葬る！

喜安幸夫

隠密家族　攪乱《かくらん》

頼方《よりかた》を守るため、表向き鍼灸《しんきゅう》院を営む霧生院《きりゅういん》一林斎《いちりんさい》たち親子。鉄壁を誇った隠密の防御に、思わぬ「穴」が！

喜安幸夫

隠密家族　難敵《なんてき》

敵⁉　味方⁉　誰が刺客？　新藩主誕生で、紀州の薬込役が分裂！　仲間に探りを入れられる一林斎の胸中は？

喜安幸夫

隠密家族　抜忍《ぬけにん》

新藩主の命令で対立が深まる紀州藩。新たな危機が迫る中、一林斎は、娘に家族の素性を明かすべきか悩み……。

喜安幸夫

隠密家族　くノ一初陣《ういじん》

世間を驚愕《きょうがく》させた大事件の陰で、一林斎の一人娘・佳奈《かな》に与えられた任務——初めての忍びの戦いに挑む！